- Der Spind, der Hüter -

AF235712

Alexa Klan

Der Spind, der Hüter

Kurzroman

Bibliografische Information der Deutschen Nationalbibliothek: Die Deutsche Nationalbibliothek verzeich-
net diese Publikation in der Deutschen Nationalbio-
graphie; detaillierte bibliographische Daten sind im
Internet über http://dnb.dnb.de abrufbar.

Herstellung und Verlag:
BoD – Books on Demand, Norderstedt

ISBN: 978-3-7557-0729-5

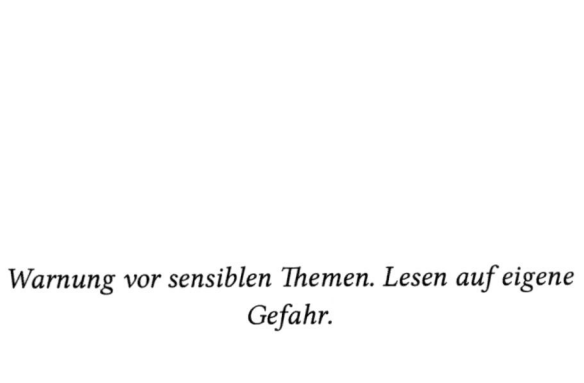

Warnung vor sensiblen Themen. Lesen auf eigene Gefahr.

Prolog

30.05.2018, Mittwoch

Die feuchte Luft des nebligen Morgens schmeckte kalt auf der Zunge. Sie umhüllte den Körper so wie das Verlangen die Seele. Autos rasten vorbei. Der Geruch nach Teer schwebte aus der Richtung des Bodens.

Gewiss verstünden sie den Zusammenhang nicht. Eltern durchlebten ständig Ängste, wenn sie ihre Kinder zur Schule schickten. Die Gefahren lauerten hinter jeder Ecke. Für normale Menschen wirkten sie unantastbar. *Wieso sollte das ausgerechnet mir passieren?*, fragten sich die Leute, wenn sie aus ihren Häusern marschierten.

In der Masse war sie der Schatten, der am Wegrand schlich. Wie jeden Morgen schritten alle denselben Weg zur Schule entlang. Sie positionierte sich in einigen Metern Entfernung und zog sich die Kapuze gegen den leichten Nieselregen tiefer ins Gesicht.

Er hatte sie nicht bemerkt. Mit den Kopfhörern in den Ohren und dem Handy in der Hand lief er allein.

Wenn er sich umdreht, erkennt er mich.

Doch er lauschte vertieft seiner Musik. Sie hatte ein freies Spielfeld. Die breite Straße lag zwei Meter links von ihr.

Ihr Skateboard hatte sie zwischen Arm und Körper gepresst. Nach einem kurzen Blick auf ihr Handgelenk nahm sie es hervor und legte es auf den Boden. Sie drehte den Kopf in alle Richtungen. Niemand schenkte ihr Beachtung. Sie fuhr los. Zuerst wackelig, dann glitt sie in eine geübte Bewegung über, bis sie vorwärts raste. Sie kam seiner Gestalt immer näher. Das Bild klärte sich vor ihren Augen.

»Hey, pass doch auf!«, rief sie und packte ihn beim Vorbeifahren an der Schulter. Dabei drückte sie fester zu, hob ein Bein vom Skateboard und schwankte in seine Richtung. Ihm blieb nur eine Möglichkeit, um auszuweichen.

Sie sah die weit aufgerissenen Augen, dann sprang er beiseite auf die Straße. Direkt vor den LKW.

Das wilde Hupen ertönte, doch das Bremsen lohnte sich nicht mehr. Er klatschte gegen die riesige Front. Sie fuhr vorbei.

Nach der Kurve bremste sie, die Räder verursachten ein schleifendes Geräusch. Sie drehte sich um. Die tosende Maschine rauschte, ohne anzuhalten, an ihr vorbei. Sie sah ihr hinterher und war gezwungen, die Augen vor der Staubwolke zusammenzukneifen. Alles, was sie hörte, war das laute Getöse.

Nachdem sich die Wolke gelegt hatte, erkannte sie ein Bündel auf der Fahrbahn. Der Junge, dem sie einmal so nahe gestanden hatte, lag wie ein zusammengeknüllter Haufen mitten auf der Straße. Nicht das geringste Gefühl durchflutete sie bei diesem Anblick. Sie hatte nichts das Bedürfnis, zu ihm hinzurennen und nach einem Lebenszeichen zu suchen. Genauso wenig schrie oder weinte sie.

Eine gähnende Leere erfüllte sie. Doch bevor sie weiter reglos rumstehen vermochte, holten sie die Schreie der Mitmenschen zurück in die Gegenwart.

Sie tauschte ihre Gesichtszüge aus, so wie ein Schauspieler in eine neue Rolle schlüpfte. Sie ließ ihr Skateboard liegen und rannte los. Kurz bevor sie ihn erreichte, stoppte sie. Weitere Autos fuhren vorbei. Langsamer.

Die Gliedmaßen waren unnatürlich angewinkelt, der Körper voller Blut. Seine Kopfhörer kaum erkennbar, der Rucksack, der beim Aufprall weggeschleudert wurde, lag einige Meter neben ihm auf der Fahrbahn.

Langsam näherte sie sich. Er war der Hauptschuldige. Er verdiente es.

Trotzdem hielt sie sich in ihrer Rolle die Hand vor den Mund und erstarrte. Der feine Nieselregen verstärkte sich. Ein Zeichen? War das, was sie ihm angetan hatte, falsch? Gewiss nicht.

Sie taumelte einige Schritte zurück. Eine Mutter zog ihr Kind weg, welches begehrte, auf das Opfer zu schauen. Eine Anzahl von Leuten starrten genauso wie sie regungslos auf ihn. Nur eine ältere Dame gab hektisch eine Nummer in ihr altmodisches Mobiltelefon ein, derweil ein jüngerer Mann sich neben ihn kniete und versuchte, den Puls zu ertasten.

Doch sein Blick senkte sich und er schüttelte den Kopf. Es war ohne Sinn und Zweck, jegliche Wiederbelebungsmaßnahmen zu ergreifen. Sinnlos, irgendetwas zu fabrizieren. Leblos.

Der Mann trat zurück. Die Menschenmenge vergrößerte sich. Sie sahen sich gegenseitig an. Erwarteten, dass jemand etwas tun würde. Dass ein Zauberer auftauchen und ihn wiederbeleben würde. Einige Blicke trafen sie. Weit aufgerissene Augen, verengte Augenbrauen, der Rest der Gesichter wirkte emotionslos. Doch die Blicke bohrten sich in ihre Seele. Sie schloss ihre Augen und öffnete sie wieder. Es war eine natürliche Reaktion, dass sie einen Schuldigen suchten. Sollten sie es doch tun. Es war ihr gleichgültig. Denn die Polizei würde ihr nichts nachweisen. Egal, wie sie, sie bestrafen würden, es wäre nur die Form einer Ermahnung. Und weil es wie ein Unfall ausgesehen hatte, trug sie keine Last auf ihren Schultern. Niemand würde sie verdächtigen, ihn absichtlich geschubst zu haben. Selbst, wenn ... sie brauchte nur die Zeit, ihren Plan zu vollenden.

Einige starrten sie noch immer an. Doch sie hatte nicht vor, sich für irgendetwas zu entschuldigen. Sie hatte es geschafft. Ein einziger Gedanke hauste in ihrem Kopf.

Tristan ist tot.

1

»Weg da! Ich war zuerst hier!«

»Na und? Jetzt steh' ich hier.«

Das Mädchen fuhr sich durch die Haare und wandte den Blick nach vorne. Der Junge, vor den sie sich gestellt hatte, schubste sie grob zur Seite.

»Spinnst du? Fass mich nicht an!« Ihr Gekreische tat in den Ohren weh. Sie fuchtelte wild mit den Armen und sah sich um. Dann stolperte sie vorwärts und streckte die Arme aus, doch der Junge trat einen Schritt zur Seite. Ihr Versuch, ihn zurückzuschubsen endete damit, dass sie mit ausgestreckten Armen auf den Boden fiel.

Einige der versammelten Schüler schielten auf sie herunter und lachten.

»Er hat mich geschubst! Hallo, was ...«

»Selbst schuld«, murmelte der Junge und trat einen Schritt auf die Schlange zu. Ein Lehrer packte ihn bei der Schulter. »Was ist hier los?«

Die Schüler schwiegen. Der Lehrer zog beide Parteien ein paar Meter mit sich und redete mit ihnen. Einige der Anwesenden machten zerknickte Gesichter oder zuckten mit den Schultern und sahen dann weg. Sie wandte ihren Blick ab.

Das Gerede und das Gedrängel sorgten dafür, dass sie sich vorkam wie in einer Glaskuppel. Sie hörte den Lärm, identifizierte aber keine einzelnen Worte. Die Schüler in der Traube stießen sie vor und zurück. Eine der Vorsitzenden hatte doch nicht umsonst gesagt, man solle vor dem Büro der Schülervertreter eine geordnete Schlange bilden. Sie versuchte, dem Gedrängel zu entkommen, und bekam einen Ellbogen in die Rippen gestoßen. Mit vor Schmerz verzerrtem Gesicht machte sie einen Schritt nach vorn und lief in jemand anderes rein, der sie beschimpfte. Der genaue Wortlaut ging in der Menge unter, doch etwas Nettes war es nicht.

Über die Köpfe hinweg sah sie zu dem Stand. Einige Schüler trennten sie davon. Es gab immer die Menschen, die es wie aus Zauberhand schafften, die ersten in einer Schlange zu sein.

Sie begnügte sich stattdessen, bis ans hintere Ende der unordentlichen Reihe geschubst zu werden. Wozu gab es denn so eine Eile? Sie standen hier erst ein paar Minuten. Wenn jemand begehrte, die Spindvergabe für dieses Schuljahr schnell hinter sich zu bringen, dann sie.

»Hey, Christel! Wehe, du bist vor Ende der Pause nicht am Kiosk. Ich habe absolut keine Ahnung, wo unser Bioraum ist«, hatte ihre Freundin Sienna ihr zu Anfang der Pause zugerufen.

Christel stand am Ende der langen Schlange.

Nicht einmal hatte sie ein Lehrer ermahnt, weil sie zu spät gekommen war. Herr von Kiew hatte die Chance, der Erste zu sein. Aber sie hatte die letzte Woche nach Austeilung der Bücher bemerkt, dass sie zum Herumschleppen viel zu schwer waren. In ihrer Schule hingen altmodische Gemälde, statt dass Tablets ausgeteilt wurden. Und so war die Begierde bei betroffenen Personen, einen Spind zu ergattern, wie jedes Mal, wenn sie nach den Sommerferien wieder in die Schule kamen, hoch. Begierig hatten alle auf den

Termin der Spindvergabe gewartet. Letztes Jahr hatten ihre Freunde keinen Gefallen daran gefunden, ihren Spind mit ihr zu teilen. Oder Christel hatte sich mit den schweren Büchern abgemüht. Sie sah auf die Uhr, die im Flur hing. Wie lange dauerte das?

Eines der beiden Mädchen, welche die Spind-Vergabe durchführten, empfahl dem Jungen vor ihr, sich selbst ein Schloss zu kaufen. Die Schule übernahm diese Kosten nicht.

Was macht sie überhaupt? Seitdem Frau Bique das Amt der Schulleiterin übernommen hatte, passte der Name ›Fassaden-Gymnasium‹ besser als ›Graubrunnen‹.

Überall sprach sich herum, wie organisiert sie war, welche Pläne sie verfolgte, die Schule zu verbessern, doch was nützte das? Ja, sie hatte die Renovierung veranlasst, aber der allgemeine Wohlstand war dadurch nicht unbedingt gestiegen. Doch ihr war klar, dass die Schülervertretung keine Schuld trug.

Der Junge vor ihr wandte sich frustriert ab.

Endlich.

Sie trat vor.

»Hallo, ich würde gerne einen Spind mieten«, sagte sie, wie jeder andere zuvor, nur das ihre Stimme dabei leicht zitterte.

Ihre Hoffnung wankte, als das Mädchen vor ihr – hieß es nicht Marlena? - zögerte und zu ihrer Kameradin sah.

»Ich glaube, das war der Letzte, oder Sam?«

Die Angesprochene, eine Kurzhaarige mit einem neonfarbigen Pullover, nickte, blätterte in ihren Listen.

»Wenn niemand unserer Stammkunden seinen Spind aufgegeben hat, dann ja ...«, murmelte sie und sah auf,

»Ah, es ist einer frei. Diese eine da ist doch nicht mehr auf der Schule.«

»Oh, ja. Die hatte ihren Spind echt lange. Den wollte sonst niemand«, stimmte Marlena zu.

»Wieso denn nicht?«, fragte Christel verwirrt.

»Na, weil das der Allerletzte im hinteren Teil ist. Du brauchst lange, bis du da bist, und alt ist er auch«, meinte Sam.

»Du hast ›quietschend‹ vergessen«, fügte Marlena hinzu.

»Und das ist echt der Letzte?«

»Sieht so aus.«

Christel überlegte nicht lang. Sie hatte hier doch nicht ihre ganze Pause gestanden, nur, um dann keinen Spind zu bekommen?

»Ok, wo ist er denn?«

»Nummer 31, Erdgeschoss, hinterster Flur, am Ende, wo der Klassenraum ist, der momentan saniert wird«, antwortete Sam wie aus der Pistole geschossen.

Von der Sanierung hatte Christel gehört. Es betraf die ganze Hälfte des Schulgebäudes. Verständlich, die Risse in den Mauern verursachten ein mulmiges Gefühl in der Magengegend. Die meisten Arbeiten wurden in den Sommerferien beendet, außer das kleine Stück neben dem Schulhof.

Besser als nichts.

»Ich nehme ihn.«

»Ok. das macht 5 Euro .«

»5? Kostet das seit diesem Jahr nicht 7?«

Sam musterte sie von oben bis unten. »Eigentlich schon ... Aber sieh es als kleine Entschädigung. «

Christel zuckte mit den Schultern und reichte Sam einen Fünf-Euro-Schein.

Sie verabschiedete sich und sah an sich herunter.

Lag es an dem selbst gestrickten Pullover ihrer Mutter oder war der Spind wirklich so schäbig?

Der Gong zur nächsten Unterrichtsstunde schallte durch das Gebäude. Sie schlug sofort die Richtung zu ihrem Bio-Raum ein.

Sam und Marlena hatten nicht geblufft, das stand fest. Sie öffnete den Spind mit der Nummer 31. Ein Quietschen, das ihr in den Ohren wehtat, ertönte. Ein ranziger Geruch schlug ihr entgegen. So wie es aussah, hatte ihre Vormieterin nicht alle Gegenstände rausgeschafft. Sie erfasste ihr eigenes Gesicht, als sie hineinsah. Ihre braunen, welligen Haare, die mit einem Stich von Pumuckl-Orange glühten, fielen ihr über die Schulter und ihre rundliche Brille thronte etwas schief auf ihrer sommersprossigen Nase.

Sie rückte sie zurecht und sah sich um. Außer dem Spiegel lagen auf dem Boden eine Packung Kaugummi, ein paar lose Arbeitsblätter, eine Klausur? Sie nahm das Blatt in die Hand und fand keine Zensur, sondern einen traurigen Smiley. Wenn sie das Papier in rote Farbe tunkte, würde man keinen Unterschied wahrnehmen. Sie warf einen Blick auf die Kopfzeile des Blattes.

Name: Liane Hertz   *Datum: 16.05.2018*

Der Name war ihr neu. Aber eine Sache hatten sie gemeinsam. Christel verstand genauso wenig etwa von den Aufgaben wie ihre Vormieterin. Sie zerknüllte das Blatt und ihre Hand setzte zur Bewegung an, um es auf den Boden zu werfen. Sie ermahnte sich zur Vernunft und beschloss, es später in einen Mülleimer zu entsorgen.

Seufzend schmiss sie ihre schweren Bücher in den Spind und stellte mit Vergnügen fest, dass ihre Tasche um zwei Drittel leichter war. Sie schloss ihren rostigen Gefährten.

»Christel!«

Ein Mädchen mit hellblonden, glatten Haaren und Kopfhörern in den Ohren kam auf sie zu. Christel erkannte ihre Freundin Sienna wieder.

»Hey, da bist du ja. Ich habe schon nach dir gesucht.« Sie warf einen Blick auf den Spind. »Du hast ja noch einen erwischt! Und ich dachte, du hast mich in der Pause umsonst sitzen gelassen.«

»Ja, das war der Letzte. Ist nicht so luxuriös, aber was soll's?«

»Egal. Hast du schon ein Schloss? Würde ich dir dringend empfehlen, bei dem Teil. Lukas hat sich irgendeinen teuren High-Tech Kram gekauft. Als würde er darin seine gesamten Ersparnisse aufbewahren!«

Lukas war ein Freund von ihnen, mit dem sich Sienna einen Spind teilte. Bei ihm war so eine Investition nicht verwunderlich.

»Ach, ein normales Schloss reicht mir schon«, murmelte sie nur, denn sie hatte keine Lust, sich jetzt mit Sienna über Spinde zu unterhalten. Hatte sie einmal den Mund geöffnet, redete sie wie ein Wasserfall.

Nr. 31 spielte keine größere Rolle.

2

Schüler liefen mit ihren Freunden durch die Gänge. Sie erzählten einander, wie langweilig der Unterricht war und spekulierten, wer beim Vokabelabfragen drangenommen werden würde. Dieses Jahr würde Christels Zeugnis eine bessere Note zieren. Zwischen dem Ziel und ihr lag eine Treppe zum Überwinden.

Der durchdringende Gong der Glocke schallte durch die Schule und das Foyer füllte sich. Sie bog kurz vor dem Ausgang zum Pausenhof in einen Gang ab und entkam der Menschenmasse. Ihre Schultern, auf denen sie ihren Rucksack trug, lockerten sich. Mit eiligen Schritten lief sie zum Ende des Flurs. Einige Schüler standen an der linken Seite der Spinde und wühlten darin.

Dämliche Mathehausaufgaben. Jetzt muss ich extra diesen langen Weg gehen.

Sie erreichte ihr Ziel. Die anderen Schüler waren fertig und ließen sie allein. Niemand marschierte denselben Weg wie sie entlang. Ihre Spindnachbarn hatte sie bisher nicht gesehen. Sie stellte ihren Rucksack ab und öffnete den Spind. Sie beugte sich zu ihrer Tasche und griff nach ihren Büchern. Dann hielt sie inne und spulte die Bewegung zurück. Stille. Gedämpfte Kinderschreie durbrachen sie in unregelmäßigen Zeitabständen. Doch das war es nicht, was sie veranlasste, einen Blick ins Innere der Höhle zu werfen.

Hatte sie ihre Klausurhefte nicht auf einen getrennten Stapel neben den Büchern gelegt?

Wieso lag dann ihr Deutschbuch zwischen den Heften? Sie legte das es auf den passenden Stapel.

Das leere ›Wasmachstduhier‹ Gefühl umgab sie. Sie fummelte an ihrem Ohrläppchen herum. Der Ohrring saß wieder locker. Mit der anderen Hand tastete sie nach dem Mathebuch. Warum rutschte es so weit? War der Boden uneben?

Sie beugte sich tiefer in den Spind und der Ohrring, ein teures Geschenk ihrer Großmutter, verschwand in ihren Sachen.

Frustriert packte sie ihr Mathebuch in die Tasche und räumte alle Sachen heraus. Es dauerte eine Ewigkeit. Nachdem sie den glänzenden Boden betrachtete, tastete sie ihn ab, um das Schmuckstück mit dem grünen Edelstein, welcher eine vergleichbare Farbe wie ihre Augen hatte, zu finden.

Unmöglich!

Im ganzen Spind ertastete sie ihn nicht, dabei musste er da drin sein!

Hektisch schob sie ihre Hand weiter hinein, um die Ecken abzutasten, und knallte mit ihren Fingern gegen die hintere Wand.

Es schmerzte nicht. Sie war nicht steinhart. Sie schlug ein zweites Mal dagegen. Es war Pappe.

Sie blinzelte. Wie alt und billig waren diese Spinde? Was sollte sie auch von ihrer Schule erwarten? Dass sie die Aufbewahrungsmöglichkeiten mit goldener Seide auspolsterten?

Nr. 31 hatte bessere Tage erlebt. Die Rückwand hatte möglicherweise Beulen und morsche Stellen aufgewiesen, sodass man sie mit gleichfarbigem Karton ausgekleidet hatte, damit nichts zwischen den Spinden und die Wand fiel.

Aber wieso war der Karton dann angeschnitten?

Wenn sie dagegen drückte, schob sie die untere Seite ein Stück zurück. Ihre Finger schlossen sich um einen kleinen Gegenstand. Erleichtert nahm sie ihren Ohrring und steckte ihn in ihre Hosentasche. So schnell würde er ihr nicht wieder entkommen.

Eine schwarze Ecke von einem Gegenstand lugte aus dem Schacht heraus. War es ein Buch?

Sie packte es und zog es langsam und bedächtig hervor.

Der Einband war mattschwarz gefärbt, ohne jeglichen Schriftzug oder Prägungen. Kein Roman.

Sie schlug es auf und blätterte einmal durch. Über die Blätter zog sich eine einheitliche Schreibschrift. Die Einträge waren im Buch verteilt, vor jedem waren Ort und Datum notiert. Sie schlug die erste Seite auf und las.

Hamburg, den 16.06.2017

Liebes Tagebuch,

Ich bin froh, dass Micah dich mir zum Geburtstag geschenkt hat. Ich denke, dass ich mich schon länger nach etwas gesehnt habe, wo ich meine Gefühle niederschreiben kann, nachdem ich letztes Jahr mit dem Tagebuch-Schreiben aufgehört habe, weil ich keine Lust mehr hatte, JEDEN Tag einen Eintrag zu verfassen. Aber ich hab mich dazu entschlossen wieder anzufangen. Ich werde hier reinschreiben, wenn etwas passiert, das du wissen sollst.
Was auch immer, ich fahre jetzt mit Micah und Chloe zum Strand an die Nordsee.

Wir sehen uns (oder schreiben uns eher).

Deine Liane

PS: M+L

Derselbe Name wie auf dem Test, den sie gefunden hatte. In Gedanken verloren blätterte sie das Buch durch. Hatte ihre Vormieterin es dort vergessen? Im Spind hatten auch andere Sachen von ihr gelegen. Sie redete mit dem Tagebuch wie mit einem Menschen. Wieso hatte sie es nicht mitgenommen, als sie von der Schule ging? Wäre das nicht ein Anlass, reinzuschreiben? Ihre Finger glitten über die Seiten, sie suchte nach einem Eintrag, der ihr Aufschluss darüber gab.

Hamburg, den 01.05.2018

Lieber Micah,

Langsam halte ich es echt nicht mehr aus, seit du mich verlassen hast, ist mir nur dieses Buch von dir geblieben, meine Eltern nerven total, mein Vater hat sich ›extra für mich‹, die nächste Woche frei genommen, so ein Quatsch, als würde das was bringen.
L.

›Lieber Micah‹? War das nicht ihr Freund? Was meinte sie mit ›verlassen‹?

Abgesehen davon hatte sie kaum auf ihre Zeichensetzung geachtet. Christel blätterte bis zur letzten beschriebenen Seite. Darauf folgten Leerseiten.

Hamburg, den 14.05.2018

Lieber Micah,

Endlich kann meine Rache beginnen, nachdem mich Mama dazu gezwungen hat für drei Tage zu vereisen. ›Pfingsturlaub!‹, ich kotz' gleich.

Als ob ausgerechnet das, meinem Leben noch irgendeinen Sinn geben könnte.

Liane

Wow, was war nur los mit ihr? Die ersten Einträge hatte sie ordentlich verfasst und der Inhalt klang normal. Etwas musste passiert sein. Hatte sie vorgehabt, Micah das Tagebuch zu überreichen? Wieso versteckte sie es dann im Spind?

Besser, ich lese der Reihe nach. Aber hier bleibt mir keine Zeit.

Sie sah sich kurz um und blätterte einige Seite weiter. Das war nicht der letzte Eintrag! Es gab noch einen mit kaum lesbarer Schrift, als hätte sie ihn in einer Minute hingekritzelt. Der Eintrag war nicht einmal so alt ...

Hamburg, den 15.08.2018

Lieber Micah,

endlich bin ich wieder zurück aus diesem ätzenden Kur-Aufenthalt. Als hätte der Pfingst-urlaub im Frühjahr nicht gereicht. Die dachten wohl, mir macht es Spaß, mich in einer Kur therapieren zu lassen. So sieht es vielleicht aus, aber nichts kann mein gebrochenes Herz heilen. Eher hatten sie Spaß, als ich weg war. Ich hoffe, meine Eltern ahnen nichts, aber das sollte nicht schwer werden, sie verstehen mich ja sowieso nicht.

Liane

»Christel!« Die Stimme ihrer Freundin Sienna holte sie in die Gegenwart zurück.

Oh nein!

Sie hatte ihren Freunden doch versprochen, sich zu beeilen. Sie warteten schon seit einer Ewigkeit auf sie.

Schnell schob sie das seltsame Tagebuch zurück in das Versteck und raffte ihre Bücher grob zusammen. Sie nahm sich die Zeit und stapelte sie mehr oder weniger ordentlich.

»Komme schon!«, rief sie und warf sich ihren Rucksack über. Sie lief zu ihren wartenden Freunden.

Ein Gedanke ließ sie nicht los. Warum versteckte ihre Vormieterin ein Tagebuch in ihrem alten Spind? Und vor allem: Wie schrieb sie in den Sommerferien darin, wenn sie nicht mehr auf der Schule war?

3

Schon jetzt hingen die Plakate für das 50-jährige Jubiläum an den Schulwänden, dabei würde dies erst um den 20. September herum abgehalten werden.

Die Vorstellung hinzugehen, löste keinen Reiz bei ihr aus.

Sie wollte mehr Zeit mit Sienna verbringen. Ihre Freundin erlebte einige Unannehmlichkeiten zu Hause, äußerte sich darüber aber ungern. Christel hatte bloß erfahren, dass ihr großer Bruder ausgezogen war und die Ehe ihrer Eltern durch die Streitereien kriselte. Sie würde ihrer Freundin gerne helfen. Aber wie half man jemanden, der nicht mit einem sprach?

Einige Leute in ihrem Alter trugen Zeitungen aus oder bereiteten sich darauf vor, Bewerbungen zu schreiben. Was sie mit ihrem Leben nach der Schule anstellte, schwebte in unerreichbarer Ferne. Das einzige Fach, indem sie in ihre Tagträume abschweifen konnte, war Kunst.

Was solls.

Sie setzten sich an einen Tisch in der Cafeteria. Christel gab Sienna, die gedankenverloren Musik auf ihren Kopfhörern lauschte, ihre Hausaufgaben zum Abschreiben und blätterte dann ungestört im Tagebuch.

Nachdem sie sich damit befasst hatte, war ihr einiges aufgefallen. Die Verfasserin war nur so von Problemen umzingelt. Christel hatte heraus gefiltert, dass ihre

Eltern sie kontrollierten. Sie erinnerte sie an eines dieser Kinder in manchen Fernsehprogrammen, die sich abends mit ihren Freunden betranken und bis spät in die Nacht versuchen Leute abzuziehen, um am darauffolgenden Tag genug Geld für ihre Geschäfte mit Kriminellen zu haben. Jugendliche, die erst gegen vier Uhr morgens nach Hause kamen und ignorierten, dass ihre Eltern vergeblich versuchten, sie zu kontaktieren. Darauf gab es unzählige Andeutungen.

Zudem fing sie im Laufe des Buches an, an einen Micah gerichtet zu schreiben. Eine einzige Person, der sie sich in dem Kreis von Problemen anvertraute.

Und zuletzt ... die verwaisten Seiten. Oft folgten nach einigen normal aussehenden Blättern eine Reihe an weißem Papier. Und, wenn sie diese übersprang, fand sie ein paar Einträge verstreut im Buch. Völlig aus dem Kontext gerissen. Das war mittlerweile das größte Mysterium für sie. Wieso hatte die Tagebuch-Schreiberin immer wieder mit dem Schreiben aufgehört und dann einige Tage oder Wochen später wahllos auf anderen Seiten weitergeschrieben?

Ein Junge mit dunkelblonden Haaren, es war Lukas, kam in ihr Sichtfeld. »Hi, was hast du da?«

»Ach«, Christel blätterte langsam zurück zu dem letzten Eintrag, den sie gelesen hatte, »das ist dieses Tagebuch, das ich gefunden habe.«

Sie hoffte, Lukas würde nicht weiter nachfragen und sich zu Sienna setzen.

Er schob den Stuhl neben ihrer Freundin zurück. Wo sollte er sonst hingehen? Alle anderen Stühle waren besetzt. Christel erfreute es nicht, an großen Tischen zu sitzen. Er streckte seine Hand nach dem Buch aus, ehe sie es realisierte. Sie biss sich schmerzhaft auf die Zunge: besser sie sagte nichts. Was war schon dabei.

Doch Lukas las nicht, er erfasste die Seitenränder, drehte das Buch ein paar Mal.

»Schon seltsam, diese leeren Seiten, findest du nicht?«

Die Frage kam überraschend. Hatte er sie zuvor dabei beobachtet, wie sie über dem Buch rätselte?

Christel nickte und fragte sich, worauf er anspielte.

»Vielleicht sind die Einträge verschlüsselt?«

»Wie denn?«

Lukas war ein seltsamer Kauz. Aber, wenn jemand das Mysterium lösen konnte, dann er. Christel erinnerte sich daran, wie er ihnen, damals, als sie in derselben Klasse waren, geheime Botschaften durch den Raum reichte, die sie entzifferten.

Er hielt das Buch waagerecht vor seinem Auge. »Ich denke, da steht was. Ist dir aufgefallen, dass die leeren Seiten alle oben an der Seite minimal eingerissen sind?«

Er gab ihr das Buch zurück. Zuerst wollte sie ihm vorschlagen, sich eine Brille zu beschaffen, dann sah sie es. »Warum hat sie die Seiten markiert? Ist da was streng geheimes oder was hatte sie vor? Aber womit hat sie dann geschrieben? Mit unsichtbarer Tinte?«

»Klar, natürlich! Ich weiß sogar, wie wir das lesen können! Komm mit. Wir haben zehn Minuten.«

Verwirrt steckte Christel das Tagebuch in ihre Tasche und stolperte Lukas hinterher. Er verließ das Schulgebäude und schlug den Weg in Richtung des Kiosks ein, der neben der Schule stand.

»Was woll'n wir da?«

»Wirst du gleich sehen.«

Sie betrat den Kiosk hinter ihm. Der Kioskbesitzer musterte sie kurz und widmete sich dann wieder der Kasse.

»Wenn ich mich richtig erinnere, gibt es hier diese magische Knete. Ich weiß nicht, ob es die unsichtbaren Stifte auch gibt, aber ... ah egal, hier müsste sie sein«, murmelte er.

Er deutete auf eine Ecke, in der Kleinkram und die erwähnten, ›magischen‹ Kneten herumlagen.

»Such mal diese, die mit UV-Licht leuchten.«

Christel hob jede Dose einzeln hoch.

Die sich ändernde Farbe, die Unzerstörbare. Die, die du essen und wieder hochwürgen kannst. Genau.

»Hier, ich hab's. Die hat eine UV-Licht-Lampe.«

Sie warf einen Blick auf die altmodische Uhr, die über der Tür hing. Ihnen blieben fünf Minuten.

»Pass mal auf, dass der Kassierer nicht guckt.«

Perplex starrte sie auf Lukas, der dabei war, die Verpackung zu entfernen, dann auf den Kioskbesitzer. Sie waren in der Pause nicht die Einzigen im Kiosk. Doch der Besitzer sah ab und zu grimmig in ihre Richtung.

Wer weiß, was Lukas hier schon mal angestellt hat.

»Was soll das werden?«

»Ich klau' das, was sonst.« Er sah sie an, als wäre es das Normalste der Welt in einen Kiosk zu gehen und Knete wegen einer UV-Licht-Lampe mitgehen zu lassen.

»Guck doch nicht so. Das war ein Scherz. Ich möchte nur sichergehen, dass diese Einträge wirklich mit einem UV-Stift geschrieben wurden, bevor du diese Knete kaufst.«

Christel klappte ihren Mund auf. Dann wieder zu.

Bevor ich sie kaufe? Soll ich wirklich? Offensichtlich wollte jemand nicht, dass ich die Einträge lese, dachte sie im Stillen.

Der Kioskbesitzer bereitete ihr Sorgen. Sie stellte sich im Versuch, unauffällig zu wirken, vor Lukas, sodass er nicht sah, was sie hier taten. Sie hatte das Gefühl, als versuche sie einen Mord zu vertuschen.

»Hab's«, murmelte er.

Christel zog das Tagebuch hervor und reichte es Lukas. Sie positionierte sich so, als würde sie sich die Comichefte anschauen, die gleich daneben lagen.

»Bingo.«

Der Kioskbesitzer öffnete den Mund, doch eher er etwas sagte, gab Lukas ihr das Buch zurück.

»Komm, wir bezahlen besser.«

»Und … was steht da so?«

Wäre es schädlich, wenn sie ihn einweihte?

Bis sie sich entschieden hatte, wandte sich Lukas ab und redete mit Sienna.

Tatsache war, dass es funktionierte. Sie sah genau auf das leere Papier. Nichts. Langsam schaltete sie die Lampe wieder an und hielt sie über das Blatt.

Die Seite war ununterbrochen beschrieben worden. Ihr war es nicht einmal in den Kopf gekommen, dass die Schreiberin einen geheimen Stift verwendete, um sicherzugehen, dass man ihre Einträge nicht las. Aber warum hatte sie dann nicht das ganze Buch damit vollgeschrieben? Was verbarg sich auf diesen Seiten?

»Was starrst du denn wieder so auf dieses Tagebuch?«

Bevor sie die Gelegenheit hatte, weiter nachzudenken, unterbrach sie Sienna, die sie so anstarrte, wie als würde sie mit einem Geist sprechen.

Lukas war weg. Das Abschreiben, sowie das Gespräch mit Lukas hatte sie beendet.

»Nichts. Ich hab bloß nachgedacht«, antwortete Christel.

Sie hatte nicht vor, Weiteres zu sagen. Stattdessen

klappte sie das Buch zu und widerstand dem Verlangen, darin zu lesen. Nicht der geringste Antrieb erfüllte sie, es Sienna zu erklären. Wenn sich die Gelegenheit ergab, würde sie es später tun. Sie bevorzugte es, keinen Gedanken mehr daran zu vergeuden. Vor allem nicht in der Schule. Es läutete und sie suchte flink ihre Sachen zusammen, bevor die verwirrte Sienna die Gelegenheit bekam, mehr Fragen zu stellen.

In der folgenden Mittagspause war die Verlockung der geheimen Seiten zu groß. Sie kaufte sich ein belegtes Brot, setzte sich an einen Tisch und las.

Hamburg, den 30.05.2018

Lieber Micah,

ich habe es getan. Lange musst du nicht mehr warten, der erste Teil meines Plans ist vollbracht.

In Liebe
Liane

»Sag mal, hast du noch andere Hobbys außer dieses Buch?«

Vor Schreck zuckte Christel merklich zusammen.

Sienna hatte sich unbemerkt von hinten angeschlichen.

Sie seufzte auf. »Wenn ich ehrlich bin, momentan nicht.«

»Was ist so besonders daran, in dem Leben einer Unbekannten zu lesen?«

Wenn du wüsstest. Christel sprach es nicht aus. Stattdessen setzte sie an: »Es ist ... ich weiß nicht ... faszinierend. Erst hat sie so glücklich gewirkt, aber plötzlich fing alles an, schief zu laufen. Also manche Tage scheinen dann langweilig gewesen zu sein, weil sie kaum mehr was gemacht hat, aber plötzlich führt sie dann wieder einen Monolog mit einer Hasstirade gegen alles und jeden ... Manchmal wirkt das echt ...«

»Ach egal, brauchst du nicht weiter zu erklären. Ich wünschte nur, ich würde diese ganzen Formeln in Mathe verstehen, da habe ich sowieso keine Zeit.« Sienna setzte sich auf den Platz ihr gegenüber und holte ihre Hausaufgaben heraus.

»Wenn du willst, helfe ich dir«, bot Christel an, wandte ihre Augen aber nicht vom Buch ab.

»Nicht nötig, ich habe Lukas gefragt«, antwortete Sienna.

Als hätte er auf die Worte gewartet, kam jener just angeschlendert und setzte sich neben ihre Freundin. Sie erkannte ihn an seiner schlaksigen Art.

»Hallo Christel.«

»Tag.«

»Wie gehts dir?«

Wie war das möglich?

Die zuletzt beschrieben, geheime Seite, brachte sie ins Stocken.

»Christel?«

»Sie ist beschäftigt. Lass uns anfangen.«

Daraufhin hörte sie nichts mehr, beide sprachen leise miteinander.

01.09.2018

Meine Rache kann weitergehen.

L.

Es war zwei Tage her. Ein Samstag. Aber wie? Soweit sie sich erinnerte, entstand der letzte Eintrag, den sie gelesen hatte, in den Sommerferien! Das Tagebuch verwahrte sie sicher im Spind. Sagten Sam und Marlena von der Schülervertretung nicht, dass diese Liane nicht mehr auf der Schule war? Wie hatte sie an einem Samstag in dieses Buch geschrieben? Und was meinte sie mit ›Rache‹? Sie erinnerte sich an einen der einzigen Kriminalromane, den sie in die Hand genommen hatte. Sie hatte ihn weggelegt, weil sie nicht verstand, wie der Detektiv sein Leben für einen Fall riskierte, der gelöst schien. Die Geschichte war fiktiv. Das Tagebuch war real.

Und es bringt Spannung in mein Leben.

Das war ihre Chance. Ihre Freunde, vor allem Sienna, verstanden nicht, was ihr an einer fremden Geschichte lag.

Besser ich rede mit ihr nicht mehr darüber. Sie hat genug eigene Probleme.

Das nächste Mal würde sie penibel darauf achten, ob eine neue Notiz vorhanden war.

Am besten blättere ich ans Ende und durchsuche alles.

Das UV-Licht flackerte. Sie hatte die Sorge, es würde erlöschen. Dabei las sie die Einträge von vorn.

Fakt war, dass ihre Vormieterin das Buch weiterhin führte. Es galt, herauszufinden, wer dieser Micah war und wie Liane vor zwei Tagen, ein Samstag, in die Schule kam. Das alles in der kurzen Pausenzeit. Die Uhr zeigte an, dass sie fünf Minuten hatte. Die Zeit war knapp.

Komm schon, nur ein kleiner Hinweis bitte.

Sie blätterte das Tagebuch durch, überall dasselbe. Sie packte es, um es wegzulegen. Dabei ergriff sie aus Versehen den Einband. Der Rest des Buches klappte nach unten. Aus dem Augenwinkel sah sie, dass etwas hinunterfiel. Doch sie las erst das einsame Wort mitten auf der letzten Seite.

Rache

Mehrmals las sie es. Wofür Rache? Dafür, dass Lianes Freund sie verlassen hatte? Nein, das war übertrieben.

Seufzend klappte sie das Buch zu und hob schnell das Papier runter, welches ihr soeben heruntergefallen war.

Es war kein Stück Papier. Sie drehte es um. Das Gesicht eines Mädchens war darauf abgebildet. Die türkisblauen Augen glänzten. Im Kontrast dazu standen schwarz gefärbt, gekürzte Haare und dunkle Kleidung. Am Rande hatte jemand abfällige Kommentare hingekritzelt. War das Liane Hertz?

Bevor sie ihre Gedanken weiterführte, ertönte ein lauter Gong und automatisch packte sie ihre Sachen in die Tasche.

Sie hielt inne. Es hatte einmal gegongt. Kurz. Zur Pause gongte es mehrmals.

In dem Moment tönte die Stimme der Schulleiterin aus den Lautsprechern. »Alle Schülerinnen und Schüler, sowie alle Lehrkräfte verlassen bitte umgehend das Schulgelände. Verfallen Sie nicht in Panik und benutzen Sie unter gar keinen Umständen den Ausgang zum Schulhof. Sie werden bald informiert. Falls jemand telefonieren muss, soll er sich an das Sekretariat wenden. Vielen Dank.«

4

Beim Müllaufsammeln half es nicht, wenn die müll-verursachenden Schüler ihm zu sahen, anstatt ihren Dreck selbst aufzuheben.

Jedes Mal dasselbe, wenn er hinter ihnen her fegte. Er sprach sie nicht einmal mehr an, sie hörten nicht auf ihn. Er war nur der alte Hausmeister. Er arbeitete schweigend weiter.

Die Jugendlichen erhöhten ihre gedämpften Stimmen und tuschelten wild miteinander.

Wie ich diesen Job hasse.

Sie kreischten. Seine Hände verkrampften sich. Es kostete ihn ein ganzes Stück seiner Beherrschung, sie nicht anzubrüllen, nicht rumzuschreien. Schweiß-perlen sammelten sich auf seiner Stirn.

Er hielt inne. Irgendetwas stimmte hier nicht. Das Getuschel und Gekreische wirkte panisch.

Er löste seinen sturen Blick vom Boden. Mittlerweile waren sie von den Tischtennisplatten aufgestanden und drängten sich stürmisch gestikulierend zusammen. Ein Mädchen hielt sich die Hände vor das Gesicht, ein anderes versteckte sich hinter ihren Freunden. Doch sie alle sahen in dieselbe Richtung. Das Dach der Schule.

Bevor er registrierte, was sich vor seinen Augen abspielte, fiel sie mit ausgestreckten Armen und rudernden Beinen. Eine puppenähnliche Gestalt, die sich unerwartet schnell dem Boden näherte. Beim Auf-prall sah er nicht hin.

An der Stille erkannte er, dass es ihn gegeben hatte. Er wagte es, seinen Kopf wieder in Richtung der etwa dreißig Meter entfernten Stelle zu drehen. Die Sekunden vergingen wie Stunden.

So ein junges Leben. So schnell beendet. Was für eine Verschwendung.

»Tun Sie doch etwas!« Eines der Mädchen durchbrach die Stille, die sie erfasste.

Damit löste sie ihn aus seiner Schockstarre.

Verdammt. Ich muss hingehen.

Ihn schüttelte es.

Dann stellte er sich vor, wie ein jüngerer Schüler reagieren würde, der ahnungslos zum Pausenhof schlenderte.

»Ruft sofort den Notruf!«, befahl er den älteren Schülern.

Niemand rührte sich. Er schmiss den Besen weg, nach zwei durchschallenden Klängen, die den ganzen Hof erfüllten, blieb er regungslos liegen.

»Na macht schon!«

Wozu haben sie diese dämlichen Mobiltelefone?

Er lief los, so rasch es ihm seine alten Beine erlaubten.

Nachdem er seine Hände ein paar Mal gefaltet hatte, ließ er sie in seine Hosentaschen gleiten. Die Direktorin hatte die sofortige Räumung der Schule veranlasst. Er saß auf einem Stuhl vor dem Pult, Lehrer standen oder saßen im Raum und die Kriminalpolizisten, welche die Ermittlungen aufgenommen hatten, waren an der Tür. Die Direktorin lief im Lehrerzimmer auf und ab.

»Wir brauchen von allen Lehrern, die mit ihr Unterricht hatten einen Eindruck.«

»Ein vernünftiger Einwand. Aber seien Sie nicht zu hart zu sich, Frau Bique. Oft bekommen nicht mal Personen im engsten Kreis etwas mit«, warf ein junger Polizist ein.

»Aber es durfte nicht passieren. Nicht an unserer Schule.« Sie schlug auf den Tisch. »Ab sofort wird mehr auf Mobbing geachtet. Wir brauchen Leute, die sich um die Schüler kümmern, die Probleme haben, damit solche Vorfälle in Zukunft vermieden werden.«

Er musterte die gestreiften Vorhänge. Waren die Schüler der Direx wirklich bedeutend? Eine Schande, wenn ein Elternteil am nächsten Morgen die Zeitung aufschlüge und der Artikel eines Suizidopfers die Seite prägte. Eine Schande aus Sicht der Direktorin, wenn im Titel fett der Name ›Graubrunnen Gymnasium‹ stand. Die beliebte Schule, die noch den Namen ihres ersten Direktors trug.

Vorschnell wollte er sich kein Urteil erlauben. Sie sorgte sich – *um die abschreckenden Absperrungen rund um den Unfallbereich und die Polizeiautos auf dem Schulparkplatz*, beendete er den Satz in seinem Kopf.

Einmal hatte er ausgesagt. Am nächsten Tag würde er wieder gehen, um seine Aussage zu bestätigen und abzugleichen.

Was würde seine Frau sagen, wenn er heimkam?

So ein Schlamassel.

Die Polizisten verzogen sich vorerst, Frau Bique setzte sich mit ihrer rundlichen Gestalt auf den Stuhl und fixierte ihn resigniert.

»Ich werde doch auf Sie zählen können?« Sie seufzte. »Wir verschärfen unsere Sicherheitsmaßnahmen. Das ist schon der dritte tote Schüler dieses Jahr ... wir wandeln in schweren Zeiten. Den Selbstmord hätte man verhindern können, wenn jemand die Augen auf-gemacht hätte.«

Hätte ... denken Sie das?

»Der Vater hat Himmel und Hölle zusammen geschrien. Erst verliert er seine Frau. Dann arbeitet er hart, um seiner Tochter jeden Wunsch zu erfüllen und ... würde mich nicht wundern, wenn ...« Sie räusperte sich. »Er glaubt nicht an Selbstmord. Trotz des Brie-fes.«

Er wählte seine Worte bedächtig. Er und Frau Bique kannten sich, seit sie vor zehn Jahren in seine Nach-barschaft gezogen war. Jeden Morgen, wenn er sich in seiner bescheidenen Mietwohnung den Schlaf aus den Augen rieb, stand sie am Fenster des Hauses gegen-über und goss ihre Petunien.

»›Das Spiel geht weiter.‹ Finden sie nicht, das klingt nach ... so einer Art Mutprobe? Ich kenne mich da nicht so aus, aber ich habe schonmal von einem sol-chen Trend gehört. Denken Sie nicht ...«

»Was ich denke, spielt keine Rolle. So etwas darf nie wieder passieren.«

Dann hören Sie auf, die Wände weißer als Schnee zu streichen, und investieren Sie in die Schüler.

»Wie auch immer. Wir brauchen sie als Hausmeister genau wie alle anderen Lehrer.«

»Sie können auf mich zählen.«

Mit diesen Worten stand er auf und verließ den Raum. Doch als Richard Baumann die Tür hinter sich zuzog, dachte er: *Bald werde ich kündigen. Bald werde ich kündigen und mit meiner Frau den Ruhestand genießen.*

*

Ihr fiel ein, was ihr Vater heute Morgen zu ihr gesagt hatte: »Wenn das so weiter geht mit der Arbeit, dann will ich in Rente gehen.«

Sie hatte gelacht und ihn angespornt, weiterzuarbeiten. Er hatte ihr versprochen, ihr am Ende des Monats neue Schuhe zu schenken. Jetzt wünschte sie sich nichts sehnlicher, als ihm gesagt zu haben, dass sie ihn lieb hatte.

Die Spitze des Messers pikste in ihren Rücken. Sie stieg langsam die Treppen hoch. Der Druck war leicht, aber so bedrohlich, dass sie nicht stehen blieb.

Sie hatte sich etwas im nichtsnutzigen Kiosk neben der Schule kaufen wollen. Nachdem sie dort nichts Vernünftiges fand, kam sie zurück und fragte sich, welchen Unterricht sie als Nächstes hatte. Kurz vor der großen Tür am Eingang, wo sich die Schüler in zwei Minuten zu Pausenbeginn durchdrängen würden, hatte sie die Stimme hinter sich gehört, die ihr befahl, keinen Mucks von sich zu geben und geradeaus weiterzugehen. Sie kam ihr vertraut vor und zur selben Zeit fremd. Wie ein zerbrochenes Stück Kreide. Einmal makellos, jetzt brüchig und gezeichnet vor Schmerz. Sie hatte sich umdrehen und fragen wollen, ob die Person hinter ihr zufällig spinnen würde, dann hatte sie das Messer im Augenwinkel aufblitzen sehen und ab da hatte die Erkenntnis gefolgt. Die Erkenntnis, die ihren Herzschlag in ein rasches Pochen verwandelt hatte.

Langsam dirigierte die Person hinter ihr sie die Wendeltreppe des alten Traktes hinter einer Glastür hoch. Sie wünschte sich, es möge jemand anderes zufällig vorbeikommen und sie retten. Niemand kam.

Was willst du von mir? Was hast du vor?

Sie traute sich nicht, ein Wort zu sagen. Das Messer versprach kein Kaffeekränzchen.

Das Atmen fiel ihr schwer. Ihre Brust füllte sich mit immer mehr Panik. Sie hatte sich nichts zu Schulden kommen lassen! Der einzige Grund, warum sie jemand entführen wollen würde, musste Geld sein. Aber wie viel Geld verlangten sie von ihrem Vater? Sie hatte das meiste schon ausgegeben kurz, nachdem er seinen Lohn erhalten hatte. Warum passierte das Alles ausgerechnet hier, in der Schule? Jemand musste doch vorbeikommen!

Sie erreichten das Ende der Treppe. Eine graue Tür versperrte ihr die Sicht.

»Aufmachen«, kam der Befehl von hinten.

Sie schluckte und ergriff mit zitternder Hand den Türknauf.

Bitte, mein Vater treibt das Geld auf!

Ihr Herz drohte in ihrer Brust zu zerspringen. Die Tür gab nach und schwang mit einem Quietschen auf.

Sonnenstrahlen trafen auf ihre Haut und blendeten sie. Erinnerungen zogen vor ihrem inneren Auge vorbei. Wie sie sich an heißen Sommertagen in ihren Garten setzte und sich sonnte. Das Gefühl genoss sie nicht mehr. Die Luft war weder schwül, noch so warm, dass jemand in kurzen Hosen rumlief. Trotzdem bekam ihre Lunge nicht genug Sauerstoff.

Das Stechen in ihrem Rücken setzte wieder ein. Wenn sie wollte, könnte die Person es in sie hineinrammen. Ihr blieb keine andere Wahl.

Zögerlich ging sie einige Schritte vorwärts, brachte Abstand zwischen sich und ihren Entführer und drehte sich um.

Der Schreck stand ihr deutlich ins Gesicht geschrieben, denn das Mädchen ihr gegenüber lächelte. Die Augen lächelten nicht mit.

»Du bist es!«

»Wer denn sonst?« Ihre Stimme klang wahrhaftig anders, älter.

»Warum? Was habe ich dir getan?«

»Was du mir getan hast?« Sie lachte auf. Der Hohn war nicht zu überhören.

Ihre dunkelbraunen Haarsträhnen ihres ordentlichen Bobs fielen ihr in das Gesicht und sie schob sie zurück. Ihr Auge erfasste den Schmuck, den eine Person trug, meist als Erstes. An ihrem Finger trug ihr Gegenüber einen Ring mit einer Eingravierung. Die kleine Inschrift entzifferte sie nicht aus der Entfernung.

»Du hast keine Schuldgefühle, stimmts? Du weißt nicht, was du getan hast, oder? Du weißt nicht, was ihr mir damit angetan habt? All den Schmerz, den ihr...«

Ihr Blick fiel auf die Kette mit einem kleinen, herzförmigen Anhänger, die das Mädchen trug.

»Du sprichst von deinem Freund!«, funkte sie dazwischen, »Nein, daran sind wir nicht schuld. Er hat es selbst getan, nicht wir.«

»Du verdammte Lügnerin!«, zischte sie, dann schrie sie frustriert und stampfte mit einem Fuß auf den Boden. Ihre Augen, kalt wie Eis, musterten ihr Opfer.

»Setz dich.«

»Was?«

»Sofort!«

»Warum?«

»Du tust, was ich dir sage!«

Sie setzte sich auf den kalten Stein des Daches.

Die Wahnsinnige holte ein Blatt Papier und einen Stift heraus.

»Was soll ich damit?«

»Dich verabschieden.«

»Von wem?«

»Von allen. Sie werden denken, du wolltest nicht mehr leben. Sie werden denken, du hast deinem Leben freiwillig ein Ende gesetzt. So wie du es auch eigentlich tun solltest, für das, was du getan hast.« Den letzten Satz murmelte die Wahnsinnige eher zu sich.

»Aber das würde ich niemals tun! Das kannst du nicht verlangen!«

»Das ist mir egal«, sprach sie. »Entweder du tust es oder deine Angehörigen müssen leiden.«

Nachdem sie zögerte, fuhr die Wahnsinnige fort: »Ich weiß genau wo sie wohnen. Dein Vater arbeitet bei der Metallfabrik, stimmts? Was wäre, wenn diese glänzenden Güter ... wie schwer sind sie wohl ... ? Was wäre, wenn sie deinen Vater unter sich begraben? Wenn du nicht schreibst oder wenn du auf die schwachsinnige Idee kommst mir einen Kampf zu liefern, dann habe ich nur schlechte Neuigkeiten. Ich habe kein Problem damit, dich zu töten und eigenhändig von diesem Dach zu schmeißen ... Aber, wenn du das beste für deine Familie willst, dann tust du besser, was ich sage.«

Sie schrieb.

Niemals kaufen sie mir das ab.

In ihre Gedanken schlich sich das Bild des Zeitungsartikels, der gegen Ende April veröffentlicht wurde. Sie hatte die große Kreuzung mit den Ampeln gesehen. Ein Teilbereich war von Absperrbändern und Hütchen umgeben. Erst hatte sie gedacht, es war ein Verkehrsunfall, wie sie jeden Tag passierten. Als sie den Artikel überflog und auf den Namen des Opfers stieß, gefror ihr das Blut in den Adern. Auf der Straße war Tristan umgekommen. Tristan, mit dem sie am Tag zuvor gemeinsam im Unterricht gesessen hatte. Sie verbrachten jeden Tag miteinander und Nicole hatte sich an den Momenten erfreut, wenn Marc, Tristans Kumpel, sie allein ließ. Plötzlich war er weg gewesen. Geschubst von einem Skateboardfahrer. Sie hatte keine Zweifel, dass es sich dabei um die Wahnsinnige gehandelt hatte. Das hieß aber nicht, dass sie die Absicht gehabt hatte, ihn zu töten. Und immerhin hatte Nicole bei der Sache mit ihrem Freund doch kaum was gemacht? Sicher wollte sie ihr einen Schrecken einjagen und Lösegeld von ihr. Sie war neidisch auf die Sachen, die Nicole sich leisten konnte. *Und darauf, dass ich nach ihrer Sache mit Tristan an seiner Seite war.*

Das mit dem Dach war nur eine Drohung.

Ganz sicher.

Sie sah auf und wich zurück. Das Messer schwebte zwei Zentimeter vor ihrem Gesicht entfernt. Ihr Blick wanderte die Hand hoch. Die Besitzerin richtete den Blick in den Himmel.

Sie kritzelte die Botschaft an den Rand. *Hoffentlich hat Marc genug Gehirn, um es zu verstehen!*

Jemand musste die Wahnsinnige aufhalten. Ganz sicher war nicht sicher genug. Es bestand die Chance, dass Tristan mutwillig geschubst wurde.

»Fertig«, murmelte sie. Wenn sie es schaffte, an ihr vorbeizurennen … Langsam stand sie auf und sah in Richtung des Abgrundes. Jetzt war ihre Chance sich aus dieser Sache zu befreien, bevor die Wahnsinnige auf die Idee kam, sie wirklich vom Dach zu schubsen.

»Ich habe eine Bitte.«

Sicher würde sie ihr zuhören. Sie meinte es unmöglich ernst. Wieso ein Abschiedsbrief, wenn sie ihren Vater erpresste? Was hätte sie daran, sie sterben zu lassen?

Ihr Blick hob sich und fixierte die eisigen Augen, die immer näher kamen. Ihre Beine wichen automatisch einige Schritte zurück.

»Ich habe keine Zeit für deine Bitten.«

Die Wahnsinnige streifte sich schwarze Handschuhe über.

Ein klitzekleiner Moment. Das Messer lag noch immer in ihrer Hand. Wenn sie jetzt rannte, riskierte sie drei Möglichkeiten. Sie schaffte es oder sie schaffte es nicht ... und das auf zwei Weisen. Was war schlimmer? Sofort heruntergestoßen oder vorher abgestochen zu werden? Sicher musste die Wahnsinnige erst den Mut aufbauen, sie zu schubsen.

Ihr würde etwas einfallen, sie musste das Gespräch am Laufen halten. Sie riskierte einen Blick hinter sich, der Abgrund war näher, aber der Rand versperrte ihr die Sicht nach unten.

»Wir geben dir genug G...«

Ein Gewicht prallte gegen sie. Sie stolperte einige Schritte. Vor ihrem geistigen Auge rieselte der Sand in der Sanduhr langsam durch die Lücke. Vor Schreck verlor sie den Boden aus den Augen. Sie wollte nach vorn, doch ihr Gleichgewicht war nicht intakt. Es zog sie nach hinten. Der Sand rieselte schneller. Sie kam dem Boden näher. Sie hatte nicht über den Rand gesehen! Die feine Grenze zwischen Leben und Tod war ein Stück weiter! Gleich würde sie den harten Stein unter sich spüren.

Ihr Herz sackte ihr in die Hose, als es das Nichts war. Der Stoß hatte sie durch die Luft geschleudert.

Mit ausgestreckten Armen und rudernden Beinen fiel sie in die Tiefe. Der Schock ging über in eine verzweifelte Akzeptanz der Dinge. Sie schloss die Augen in der Hoffnung, es würde ohne Umstände enden. Der Gedanke, dass Tristan absichtlich gestoßen wurde, formte sich. In ihrem Kopf zeichnete sich Bild ihres scherzenden Vaters ab und dann war es vorbei.

Diesen Fall überlebte sie unmöglich, das erkannte die »Wahnsinnige« sofort. Seelenruhig platzierte sie den Brief direkt an der Tür und verließ das Gebäude durch ihren Lieblingsweg.

Die Sicherheit umgab sie wie ein Schleier, der ihre Nerven beruhigte. Sie sah in den Himmel.

Nicole ist tot. Es bleiben noch drei, mein Liebster.

5

Niemand betrat den Tatort, er war unzugänglich, die Stimmung bedrückt. Inzwischen sprach sich herum, dass es an ihrer Schule einen Selbstmord gegeben hatte. Zumindest, dass eine Schülerin vom Dach des Altanbaus gestürzt war. Die Gerüchte verstreuten sich wie ein Lauffeuer in der ganzen Schule. Die einen meinten, sie wäre freiwillig gesprungen, die anderen munkelten, jemand hatte sie heruntergestoßen. Christel war entsetzt über die Respektlosigkeit einiger Schüler, die darüber scherzten. Das Wort ›Mutprobe‹ wanderte von Mund zu Mund, wenn es um die geheime Nachricht der Verunglückten ging.

Die Freunde des verunglückten Mädchens stritten alle Vorwürfe ab.

»Schon merkwürdig, dass der Junge, der vor paar Monaten bei einem Unfall verstorben ist, denselben Freundeskreis hatte.« Die Worte hatte sie am Morgen aufgeschnappt, als sie die Schule betrat.

Die Direktorin machte auf die Vertrauenslehrer aufmerksam.

Wer sind die überhaupt?, fragte sich Christel.

Die Aufsichtslehrer in den Pausen waren verstärkt worden. Die Schüler, welche sich in den obersten Stockwerken oder auf den Fluchtwegen aufhielten, hätten sicher Spaß zu erklären, warum überall Chipstüten lagen.

Es kann doch nicht sein, dass an unserer Schule Leute an solch einem gefährlichen Spiel teilnehmen.

Sie beendete den Gedanken. Ihre waren die Hände gebunden.

Christel unterdrückte ein Gähnen. Der Gong zum nächsten Unterricht, ihrer Freistunde, ertönte. Sie nahm sich einen Stuhl und setzte sich gegenüber von Sienna. Die Fenster standen offen, sie strich sie ihren jadegrünen Mantel, den ihre Mutter ihr, passend zu ihren Augen, letzten Geburtstag im Februar geschenkt hatte, glatt. Dabei warf sie einen Blick auf Sienna, die sich in ihrem Pullover verkrochen hatte und leblos an die Decke starrte.

»Alles in Ordnung?« Die Antwort war klar.

»Mir gehts gut.«

Daraufhin fing ihre Freundin an, in ihrer Tasche zu wühlen. »Wo ist nur das verflixte Ding?«

Christel erwiderte nichts und sah ihr dabei zu, wie sie ihr Handy aus der Tasche zerrte. Es herrschte Stille in der Mensa. Die anderen anwesenden Schüler waren entweder in Hausaufgaben oder in ihre Handys vertieft, die sie unter dem Tisch versteckt hielten, obwohl weit und breit kein Lehrer in Sicht war.

Sienna schwieg, doch ihr Gesichtsausdruck verriet alles. Auf ihrer Stirn bildete sich eine Falte. Sie sah so aus, als würde sie ein Buch mit einem Cliffhanger lesen.

»Dein Bruder schreibt dir, oder?«

Christel bekam keine Antwort.

»Ist er ausgezogen? ... Komm schon. Du kannst mit mir reden.«

Sienna strich sich ihre glatten, blonden Haare aus dem Gesicht. »Ja, das stimmt. Das mit dem Ausziehen. Er ist zu einem Freund gezogen. Vorübergehend. Aber ich hab' ein schlechtes Gefühl dabei.«

Sie brauchte nichts zu sagen. Ihre gerunzelte Stirn

verriet ihre Verwirrung und Christel merkte, dass sie ihr nicht traute.

Verständlich. In der Vergangenheit hatte es Ereignisse gegeben, bei denen es ihr schwergefallen war, Geheimnisse für sich zu behalten. Doch daran arbeitete sie. Sie teilte ihre Gedanken über das Tagebuch nicht in vollem Maße mit ihrer Freundin.

»Na ja, der Freund ... der wohnt nicht so ... normal. Ich glaub', er zahlt keine Miete. Und ordentlich ist es da auch nicht.«

»Aber sonst geht es ihm doch gut, oder?«

Sienna sah sie einen Augenblick lang an und starrte wieder auf ihr Handy, wie als erwartete sie von dort eine erlösende Nachricht.

Halt besser den Mund.

Das letzte Mal, als Christel sie wegen einem Geheimnis ausgefragt hatte, war Sienna aufgestanden und hatte sie mit ihrer Federmappe beworfen. Der Wurf ging daneben, doch sie ließ es nicht drauf ankommen. Obwohl es ein paar Jahre zurücklag.

Sienna tippte ihr gegenüber weiter in ihr Handy. Es war Zeit, das Tagebuch zu holen. Sie beugte sich runter zu ihrer Tasche und ihr fiel ein, dass sie vergessen hatte, am Spind vorbeizugehen. Nein, sie hatte keine Lust gehabt. Der lange Flur gehörte teilweise zum alten Anbau, den man momentan sanierte... und wo die Wendeltreppe zum Dach lag.

Sie war dort nie zuvor gewesen, die Tür durfte nicht von Schülern passiert werden und war mit der fetten Aufschrift: ›Stop! Nur für Lehrkräfte und Personal zugänglich!‹ beschriftet. Die Chance, dass sie auf dem Weg einem Lehrer begegnete, war hoch.

»Ich komme gleich wieder«, gab sie Sienna Bescheid, zweifelte aber daran, ob diese sie hörte. Sie verließ die Cafeteria und bog nach links ab. Zumindest hatte sie das vor, als ein Zentimeter vor ihrem Gesicht das eines anderen Mädchens auftauchte. Es schrie erschrocken auf und sprang einen Schritt nach hinten, was dazu führte, dass sie gegen ein paar Jungen stolperten, die mit weit aufgerissenen Augen zu Christel blickten. Dann runzelte der Vordere die Stirn. »Was ist los?«

Kein Wort kam aus ihrem Mund. Warum hatte sich das Mädchen erschrocken? Sie waren sich doch nur in den Weg gelaufen. Oder sah Christel aus wie ein Zombie?

»Tut ... tut mir leid. Ich dachte ... ach egal!« Das Mädchen verschränkt die Arme und lief mit gesenktem Kopf und eiligen Schrittes an ihr vorbei in die Cafeteria.

Einige Schüler um sie herum starrten sie an.

Haben die alle kein Unterricht?

Christel errötete, steckte die Hände in ihre Jackentaschen und schlurfte weiter. »War wohl nichts«, murmelte sie im Vorbeigehen in Richtung der Jungen.

Hatte das Mädchen gedacht, sie würde urplötzlich ein Messer herausholen und sie abstechen?

Sie bog um die Ecke in den Flur. Ihre Deutschlehrerin schlenderte dort entlang und hob den Blick.

»Christel! Was machst du denn hier? Es ist Unterrichtszeit.«

»Hallo Frau Hartlaub. Ich habe eine Freistunde. Ich muss etwas aus dem Spind holen.« Sie lächelte.

Frau Hartlaub hielt inne, nickte ihr zu und setzte ihren Weg dann fort. »Man weiß ja nie«, murmelte sie euphorisch im Vorbeigehen.

Christel war froh, als ihre Lehrerin außer Sichtweite war. Manche Lehrer erfreuten sich wirklich an Spaziergängen durch die Schule. Verstohlen blickte sie um sich herum. An der Glastür vor der Wendeltreppe hingen jetzt zusätzliche Schilder in Rot, auf denen stand: »Betreten verboten!«

Na ja, wer geht da freiwillig hin. Außer vielleicht ... diese Nicole Schlosser.

Hier musste sie lang gelaufen sein. So wie es aussah, kam man von der anderen Seite nicht hierhin. Eine unheimliche Aura begab den Ort. Sie ertastete das Tagebuch und schlug den Spind zu. Dann trat sie den Rückweg an.

Hamburg, den 18.08.2018

Lieber Micah,

ich habe nachgedacht. Woran lag es, dass das Leben uns so ein Unglück bescherte? Lag es an etwas, das einer von uns beiden getan hat? Es kann doch unmöglich an deinem Geschäft gelegen haben, oder? Ich meine, du wolltest es doch nicht nehmen und es zu verkaufen war die einzige Lösung, um an Geld für deine Familie (und uns) zu kommen. Es war alles ungerecht, was in deinem Leben passiert ist. Du konntest nichts dafür.
Und was habe ich gemacht, dass das Leben mich so hasst? Ich habe das Gefühl, dass ich es niemanden mehr recht machen kann. Jeder hasst mich.

Du würdest mir widersprechen, wenn du hier wärst, aber glaub mir: Ich weiß es. Ich habe das Gefühl, dass nichts mehr einen Sinn ergibt. Es ist, als würde ich Tag für Tag im Kreis laufen. Ich kann nicht aufhören, darüber nachzudenken, dass diese Idioten keine gerechte Strafe erhalten haben.
Zumindest nicht der Rest der Bande.

Liane

Der Freund – oder der ehemalige Freund – hatte ein Geheimnis. Von was für einem Geschäft sprach sie? Hatte er irgendetwas heimlich gestohlen und weiterverkauft? Nein, sonst würde er es nicht ›nehmen‹.

Hatte dieses Geschäft mit Drogen zu tun? Wenn ja, dann lag die Vermutung nahe, dass er an einer Überdosis verstarb ... oder an einem Unfall. Fakt war, sie verstand nicht viel, aber sie war sich sicher, dass ihm Schlimmes zugestoßen war.

Diese Erkenntnis führte dazu, dass sich ihre Nackenhaare aufstellten und es in ihren Händen kribbelte.

Der Fakt, dass diese Liane an einen Toten schreiben könnte, ist doch surreal.

Dennoch musste es so sein.

Es juckte ihr in den Fingern, jemanden zu fragen, wegen des ›Geschäfts‹. So jemand wie Jerome, einer ihrer Freunde, kannte sich besser aus. Er hatte so viele Kontakte, dass sie ihn selten sah. Jede Pause hing er bei anderen Leuten ab. Die Vermutung lag nahe, dass er Kommunikationswege zu Menschen wie Micah hatte. Jemand, der stets zu wissen schien, was in der Schule vor sich ging, wäre ihr vom Vorteil. Aber er saß gerade im Unterricht.

Hetz dich nicht. Alles der Reihe nach, redete sie sich ein.

Je weniger Leute das Tagebuch kannten, desto besser. Erzählte sie es zu vielen, so würden die Siebtklässler morgen vom ›Geheimnis‹ reden.

Zwar kannte sie Liane nicht persönlich, dennoch fragte sie sich, ob sie das mit der Rache ernst meinte. Wie bestrafte sie die Schuldigen? Sie hatte geschrieben, dass die Polizei nichts tat. Christel würde tiefer im Buch graben. Hatte sie sich einmal durch die Seiten gearbeitet, so würde sie die Antwort schon finden.

Bei dem Wort ›Rache‹ fiel ihr etwas ein. Sie schlug die letzte Seite auf.

Rache
Rache

Nein, das konnte nicht sein. Sie hätte schwören können, dass es das letzte Mal nur einmal dort gestanden hatte. Hatte sie es übersehen?

Sie wollte nach weiteren Hinweisen blättern, doch der Gong ertönte. Die Zeit war verfolgen wie in einem Test. Gedrängt schlug sie das Buch zu und packte es in ihre Tasche. Jetzt hatte sie keine Zeit mehr, es zurückzubringen. Es sei denn, sie begehrte, zu spät zum Unterricht zu kommen.

Nicht bei Herrn Harze!

Trotz dessen hauste der Gedanke in ihrem Kopf. Das Wort. Fünf Buchstaben und doch so aussagekräftig.

Nein, sie hatte es übersehen.

Es brachte nichts. Liane hatte schon einmal nach den Sommerferien in das Buch geschrieben. Und das, obwohl sie nicht an dieser Schule war. Wieso verband sie das Tagebuch mit diesem Ort? Christel würde in Zukunft immer einen Blick hinter sich werfen. Ein Schloss wäre sinnvoll ... sobald ihre Vormieterin merken würde, dass sie in dem Tagebuch las, würde sie es nicht mehr dort verstecken und das würde ihre Nachforschungen deutlich gefährden. Dann wäre jegliche Chance weg, nachzuprüfen, was das Buch mit allem zu tun hatte und was sich hinter der normalen Fassade der Schule verbarg.

Als sie das Tagebuch an diesem Tag zurück in den Spind legte, beeilte sie sich. Sienna hatte ihre letzte Unterrichtsstunde geschwänzt und Christel wollte sie zur Rede stellen, falls sie sie noch auf dem Schulgelände fand. Sie hatte keine Ahnung, was sie sagen sollte. Die Entwicklung, in die sich Sienna bewegte gefiel ihr nicht. Vielleicht war es noch nicht zu spät, eine gute Freundin zu sein und Sienna auf den richtigen Pfad zu führen.

Sie beendete ihre erfolglose Suche nach ihrer Freundin schließlich und begab sich auf den Nachhauseweg. Die Mauern vor der Turnhalle ragten neben ihr auf, als sie den nicht stark besuchten Weg raus aus dem Schulgelände wählte. Sie spazierte vorbei an der Raucherecke, wo zwei Gestalten standen. Ein älteres Mädchen, das sie vom Sehen her kannte und ein bekanntes Gesicht, das sie zum ersten Mal in der Raucherecke sah. Sie redete leise mit der anderen. Christel zwang sich, weiterzugehen, und zog ihre Kapuze hoch. Sie konnte sich nicht verkneifen einen Blick auf Sienna zu werfen. Erst dachte sie, diese hätte sie nicht bemerkt, doch als sich ihre Blicke kreuzten, schaute Christel beschämt weg. Ihr Vorhaben, Sienna anzusprechen, löste sich in Luft auf.

6

260203 oder 123456? Das wären die einzigen sechsstelligen Kombinationen, die Christel im Kopf behielt. 654321 oder 2003 ginge auch. Keine sichere Methode, aber was kümmerte sie das? Das Schloss war teuer genug, dafür, dass es sechs Ziffern waren, das reichte. Sie versteckte keinen Schatz in ihrem Spind ... oder doch? Hinter dem Tagebuch verbarg sich mehr. Sie brauchte eine Spur. Und es wäre effizienter, wenn die Verfasserin der seltsamen Einträge das Buch nicht weiter in die Hände bekam. Wie schaffte sie es, unbemerkt in die Schule zu kommen? Und was wäre, wenn sich die Spur in den zukünftigen Einträgen aufhielt?

Mal sehen, wie wichtig ihr das Tagebuch ist ...

Sie ging das Risiko ein. So verschaffte sie sich genügend Zeit, das Buch durchzulesen. Dann konnte sie es sogar mit nach Hause nehmen und nicht in der Schule lesen. Das würde ihre Vormieterin nicht bemerken und es war entscheidend.

Letztlich entschied sie sich für 260203, ihr Geburtsdatum.

*

Sie wartete lange. Sie würden ihr auf die Schliche kommen. Sie war gut, aber nicht gut genug. Beweise gab es nicht bei ihr Zuhause. Das Beweismittel war an einem Ort, wo es niemand finden würde.

Keine lebende Person.

Die ersten beiden ließen ihr Zeit, aber nach dem heutigen Tag würde sie sich beeilen. Die ersten beiden hatten keine Aufmerksamkeit erregt. Doch langsam wurden selbst die Bewohner dieses Stadtteils, welche bei Schlägereien auf der Straße nur den Kopf wegdrehten, misstrauisch. Die Zeit rieselte ihr davon. Genau wie ihre Kraft. Doch das war nicht der Grund, warum sie heute auffälliger vorging. Er sollte dasselbe Leid erfahren, das er an jenem Tag verursacht hatte.

Zitternd vor Wut zündete sie sich eine Zigarette an, atmete tief ein und wieder aus. Wie sie es hasste. Aber sie hatte jeden Grund der Welt, nervös zu sein. Später am Abend würde es weitergehen. Und so lange harrte sie hier aus. Zurückkehren kam nicht infrage. Der Diebstahl war aufgefallen. Früher hätte sie es nicht einmal in ihren Träumen gewagt, ihre eigene Mutter zu bestehlen, doch sie hatte das Geld dringend gebraucht. Ihr Leben war gelaufen. Alles, was sie jetzt hatte, steckte sie in Gerechtigkeit. Das beinhaltete auch, den Beauftragten zu bezahlen. Abgedeckte Nummernschilder und die Gefahr, gefasst zu werden. Große, weiße Lkws waren nicht unauffällig ... aber es gab viele und die Ermittlungen liefen hier im Ort eher mäßig. Das hatte sie einige Male miterlebt. Wieder zeigte es sich. Das Verdrängen.

Sie hatte die Gier in den Augen des Fahrers gesehen. Und gleichzeitig die Abneigung. Er hielt sie für die Wahnsinnige. Wie alle anderen. Durchgeführt hatte er es abseits dessen. Ein Gefühl von Galle stieg in ihr hoch. Früher hatte sie es mit ihm ausgehalten. Dann war er ihr Mittel zum Zweck gewesen. Von diesen Bekannten wurden sie und ihr Geliebter toleriert. Er warf ihnen keine dummen Sprüche an den Kopf oder wollte sie in die nächstbeste Mülltonne stopfen, solange sie gute Geschäftspartner waren. Aber sobald sie einen Fuß in das Territorium von Tristan, Nicole, Marc und ihren Freunden setzten, wurden sie bespuckt, beschimpft und beworfen.

Sie fluchte mit unterdrückter Stimme, drückte die Zigarette aus und schüttelte die Gedanken ab.

Sie durfte sich keine Fehler leisten und musste im richtigen Moment zuschlagen. Die Verpackung und die Büroklammern knisterten in ihrer Jackentasche. Das Versteck reichte, um sich auf die Lauer zu legen. Es lag etwas Müll herum. Der größere Nachteil war das Schlagzeug, das sie zum Zusammenzucken brachte, wenn die E-Gitarre plötzlich verstummte und man es umso lauter hörte. Ihre Position veränderte sich nicht.

Ein stetiges Vibrieren in ihrer Hosentasche ließ sie erneut zusammenzucken und sie nahm ihr Smartphone heraus.

Eingehender Anruf
Mama

Anstatt eine der beiden aufleuchtenden Tasten zu drücken, schaltete sie das Handy aus.

Zitternd schlang sie die Arme um den mageren Körper und wartete.

»Ey man, der Auftritt für das Schulfest wird klasse. Ich gehe jetzt, ok? Wir sehen uns ja morgen beim Handball.«

»Jo, mach nur. Ich übe noch weiter.«

»Sicher? Man, du wirkst irgendwie etwas schlapp heute ...«

»Ach, ich war gestern zu lange wa...« Ein Gähnen,

das so laut war, das es zu ihr durchdrang, unterbrach den Satz.

Das war ihr Signal. Auf diesen Gesprächsfetzen hatte sie seit Stunden gewartet. Draußen in der Kälte. Die Sonne schickte ihre rötlichen Strahlen in die enge Gasse. Die Schule würde bald schließen. Das hieß, sie würde sich beeilen. In der Pause, in der alle vier Jungen den Raum verlassen hatten, hatte sie es geschafft, an sein Getränk zu kommen und den Gegenstand, den sie später brauchen würde, zu platzieren. Glücklicherweise hatte sie die Hintertür des Proberaumes gefunden. Er war allein. Der andere war gegangen, genau wie der Rest der Band vor ihm.

Sie wartete einige Sekunden, dann stand sie langsam auf. Ihre knackenden Gelenke hatten sich versteift und sie schwankte kurz, bis sie das Gleichgewicht zurückerlangte. Dann ließ sie ihre Schultern kreisen.

Bloß keine Schwäche zulassen.

Sie setzte in der Gasse zwischen dem Proberaum der Musikband und der alten Turnhalle einen Fuß vor den anderen vorbei an den Kisten, die herumlagen. Wie ein Panther schlich sie sich an ihre Beute heran.

Das erste Mal wagte sie es an das Fenster heranzutreten, dessen Rahmen sie von der Froschperspektive aus erkannt hatte. Er versperrte ihr weiterhin das Sichtfeld. Sie stellte sich auf die Zehenspitzen und streckte sich. Sie sah einen kleinen Ausschnitt.

Durch den angesammelten Staub und das wachsende Grünzeug erkannte sie die orange-blonden Haare und ... die Flasche. Sie lächelte. Er trank seine Shakes, wann immer er die Möglichkeit hatte. Gezwungenermaßen hatte sie in der Vergangenheit Zeit mit ihm verbracht. Wie eine Schlange war sie in den Raum geschlichen, als die Jungs eine Pause eingelegt hatten.

Die Büroklammern hatte sie nicht einmal gebraucht. Die Tür war offen.

Bei einem näherkommenden Redeschwall zuckte sie zurück und starrte aus der schmalen Gasse heraus. Schnell duckte sie sich und hockte sich in die hinterste Ecke. Wenn sie hier zu dieser Zeit jemand sah, dann wäre ihr Plan Geschichte. Sie linste unter dem Reißverschluss ihrer schwarzen Jacke hindurch, erkannte, dass es zwei Mädchen waren, die den hinteren Ausgang der Schule benutzten. Sie bemerkten sie nicht.

Die Paukenhiebe im Raum nebenan verstummten, sie stand zögerlich auf. Die Ruhe war ihr Zeichen.

Entweder sie riskierte den Moment und sah durch das Fenster, um sich davon zu überzeugen, dass er am Boden lag oder sie stürmte jetzt los und würde riskieren, ihm gegenüber stehen.

Zeit blieb ihr nicht, bevor sie jemand unterbrechen würde. Sie streifte sich ihre schwarzen Handschuhe über die Hände und atmete tief durch.

Dann nahm sie Anlauf, presste sich eng gegen die Wand und sprang. Die Tür gab nach. Sie stürmte in einen schwach belichteten Raum, in dem überall Instrumente und Transportkisten verteilt rumlagen. In den Ecken lauerte die Dunkelheit.

Er lag zusammengekrümmt auf dem Boden. Von oben herab betrachtet, wirkte er klein und verletzlich, nicht so massig und muskulös wie sonst.

Er erfasste sie mit glasigen Augen. Sein Gesicht sah so aus, als wäre er durch die Hölle geschleift worden. Er blinzelte die Müdigkeit aus seinen Augen, doch bald würde sein Kreislauf nicht mehr mitarbeiteten. Er konnte sich nicht gegen sie wehren. Es war der schläfrige Tod, der ihn überwältigte. Langsam und quälend. Ihre Seele schöpfte Kraft.

»Du?«, keuchte er.

Sein Arm zuckte nur in dem Versuch, sich wieder aufzustützen. Die Knie sanken nach unten auf den Boden.

»Was willst du hier? Hast du ...«, er keuchte, »hast du was in meine Flasche ...?«

Sie antwortete nicht und hob in aller Ruhe den Gegenstand auf.

Er heftete seinen Blick auf sie. Doch je näher sie kam, desto mehr kniff er die Augen zusammen.

»Was soll das«, keuchte er. »Hilfe! Hal... ich bin hier ...«, seine Worte wurden durch Hustenanfälle unterbrochen. Als sie endeten, hob er den Kopf in letzter Würde, was ihn geraume Anstrengung kostete.

»Das wird dir nichts nützen.« Ihre Stimme kratzte wie Finger über Sandpapier. Sie kostete den Moment in vollen Zügen aus und schob sich eine Kiste heran. Ihre Augen richteten sich auf ihr Opfer, ihr Mund entspannte sich zu einem Lächeln.

Sie stellte einen Fuß auf die Kiste. »Hier drinnen sind nur du und ich. Sonst niemand.«

Kurz blickte er auf, wand den Blick dann ab. »Was hast du vor? Willst du mir Angst machen? Komm schon, als ob ich Angst vor dir hätte!«, krächzte er.

»Oh, das solltest du«, säuselte sie mit einer Stimme aus Honig.

Er reagierte nicht und sie war kurz davor, die Kiste umzutreten.

Dann heftete er den Blick auf den Boden. »Ich habe Nicoles Nachricht jetzt erst verstanden. Ich ... ich weiß, was du vorhast. Aber das wird ihn nicht zurückbringen. Und dir wird es auch nicht helfen. Weil du ... weil du deinen scheiß Verstand schon verloren hast!«, presste er hervor.

»Sag das noch mal, du dreckiger Bastard«, sie knurrte regelrecht vor Wut, »und sieh mich gefälligst an, wenn ich mit dir rede!«

Seine Augen glimmerten, er schenkte ihr Aufmerksamkeit. Doch er war zu gelähmt, um weiteres zu sagen. Es war ein Moment, der wie eine Ewigkeit schien, als sich Beute und Jäger in die Augen sahen. Der Moment der Erkenntnis.

»Ihr dachtet wohl, damit kommt ihr durch ... ihr dachtet, ICH komme damit klar!«

Dann zwang sie sich, ihre Stimme zu senken. »Ihr habt euch alle getäuscht.« Ihr ironisches Lachen prallte von den Wänden ab und schien den gesamten Raum zu füllen. »Aber ich muss dir trotz dessen gratulieren. Du scheinst auf Anhieb gewusst zu haben, warum ich hier bin. Deine Freunde haben es leider erst viel später begriffen.«

Sie stieg auf die Kiste und hob den eisernen Knüppel bis über ihren Kopf.

Als ihr Opfer realisierte, das sie es ernst meinte, bekam es den letzten Satz in seinem Leben zu hören. Es war keine Zeit da, einen Gedanken zu fassen. Immer wieder sauste der Knüppel hinunter, bis der Satz im Raum zu schweben schien: »Grüße Tristan von mir.«

12.09.2018, Mittwoch

»Ja, Frau Lieseweg, das mache ich! Einen schönen Tag Ihnen noch!«

Sobald die Glastür hinter ihr zuschlug, seufzte Christel auf und schritt eiligst die Treppen herunter. Ihre Englischlehrerin redete wie ein Wasserfall und das Schlimmste war, dass sie sie nicht unterbrechen konnte. Ein Tag war verstrichen und sie hatte am

Gestrigen vergessen, das Tagebuch mit nach Hause zu nehmen. Die Mittagspause am heutigen Tag und die Freistunde danach eigneten sich bestens.

»Hey, Chris. Warte auf mich!« Lukas holte sie auf dem Weg zum Spind ein.

»Oh, hi.«

»Hast du Sienna gesehen?«

»Nein, ich war im Lehrerflur. Ist etwas passiert?«

»Ne. Nicht direkt. Aber ich habe mich bloß gefragt, wo sie ist. Ich warte schon voll lange.«

»Vielleicht ist sie schon ohne uns gefahren.« Christel zuckte mit den Achseln.

»Vielleicht.« Er vergrub die Hände in den Hosentaschen und schwieg.

Was wollte er jetzt? Sollte Christel ihren nicht vorhandenen Zauberstab schwingen und Sienna herbeizaubern?

Sie griff mit ihrer Hand an das Schloss, dabei zog sie automatisch daran und es fiel. Sie wollte es mit ihrer anderen Hand auffangen, aber war zu langsam und es fiel klirrend zu Boden. Sie hob es auf.

»Ich habe den Spind doch damit gestern abgeschlossen!«

Lukas, der an der Seite stand, kam näher.

»Seit wann hast du denn ein Schloss? ›Technik‹ ist doch ›nicht dein Ding‹!«

Sie ignorierte die Frage und drehte es in ihren Händen. »Es sah gerade verschlossen aus.«

»Gib mal her.« Er wartete ihre Reaktion nicht ab und stibitzte das Schloss.

Er betrachtete es kurz.

»Kennt jemand deinen Code?«

»Nein, nur ich.«

»Sieht aber so aus, als hätte jemand dein Schloss geknackt. Es ist auf jeden Fall kaputt«

»Was? Wieso sollte das jemand tun? Bei meinem Spind ...«

Lukas überlegte einen Moment.

»Hm, sagtest du nicht, dass diese ... diese Lisa?«

»Liane.«

»Genau, dass ihr Tagebuch da drinnen ist?«

»Ja, aber ...«

Ein Surren erklang.

Lukas zog sein Handy aus seiner Hosentasche und nahm einen Anruf entgegen.

Christel hörte nicht genau zu, ihr Blick huschte abwechselnd vom Spind zum Schloss.

Besser, ich lege da keine Wertsachen mehr rein.

Sie öffnete die rostige Spindtür, welche leicht quietschte. Ihr Portemonnaie fehlte nicht.

Komisch ... was ist, wenn Lukas nicht falschlag?

Er legte zeitnah auf und Christel drehte sich zu ihm um, weg von dem Spind. Seine Augenbrauen zogen sich zusammen, er runzelte die Stirn.

»Sienna hat die letzte Stunde früher verlassen und gesagt, sie hätte Bauchschmerzen ... sie meint, sie ist bei ihrem Bruder am Bahnhof.«

»Und was willst du jetzt machen?«

»Na, zu ihr fahren. Sie ist vollkommen aufgelöst, ich muss sie da weg holen! Sorry, ich glaube, wir können nicht den normalen Weg fahren, das liegt ja in der komplett anderen Richtung.«

»Nicht schlimm. Ich bleibe für die Mittagspause und die Freistunde lieber in der Schule.«

»Ja, ok, lass uns ... warte was? Du kommst nicht mit? Deine Freundin braucht dich und«, er warf einen Blick auf den Spind, in den Christels Hand verschwunden war, um das Tagebuch zu ertasten, »und dir ist dieses blöde Buch wichtiger? Wundert mich nicht, wenn du bald besessen davon bist.«

Bevor sie etwas erwiderte, war Lukas kopfschüttelnd losgestürmt. Christel zog ihre Hand aus dem Spind.

Sie ist mir nicht egal!

Doch sie sprach es weder aus, noch lief sie ihm hinterher. Sie tastete wieder nach dem Tagebuch.

Wo ist es nur?

Das Fach war leer.

Sie streckte ihren Kopf so weit es möglich rein, zumindest versuchte sie es, stieß sich dabei aber die Stirn am Rahmen. Sie rieb sich die Stelle und lehnte die Tür leicht an.

Test bestanden.

Das Tagebuch lag Liane so sehr am Herzen, dass sie es versteckt hatte. Und erst jetzt erkannte Christel den Haken an ihrem glorreichen Test. Wo befand sich das Tagebuch?

Sie sah sich um. Hatte Liane es mitgenommen? Am liebsten hätte sie ihre Stirn ein weiteres Mal gegen den Spind geschlagen. Sie knallte die Spindtür zu und wandte sich ab. Eine Handbreit von ihrem Kopf entfernt sauste etwas hinunter und fiel. Sie zuckte kurz zusammen und sprang einen Schritt zur Seite. Dann bückte sie sich. Es war eine zerdrückte Getränkedose. Kein Tagebuch. Doch die Dose lies sie wieder aufstehen und vor dem Spind auf und ab hüpfen. Oben auf den Spinden lagen einige Gegenstände. Sie sprang erneut. Etwas Flaches, Dunkles lehnte an der Wand. Sie näherte sich von der Seite und streckte ihre Hand aus, bis sie einen lederartigen Umschlag zu fassen bekam. Ihre Füße kamen auf den Boden auf und es rutschte ihr beinahe aus der Hand. Vor Erleichterung ergriff sie der Schwindel. Nachdem sie einen Blick in das Buch warf, war sie sich sicher, dass es sich um das Zielobjekt handelte. Liane hatte das Tagebuch über der Nummer 31 gelassen. Nahe am Versteck. Für den Fall, dass Christel sich ein neues Schloss kaufen würde. Das hatte sie nicht vor. Ihre Wertsachen fehlten nicht und auch, wenn sie nicht vom Tagebuch wissen würde, hätte sie keine Lust darauf, dass alle Schlösser, die sie kaufte, ›grundlos‹ aufgebrochen wurden.

Noch einmal gut gegangen.

Das Tagebuch lag in ihren Händen. Unbeschädigt, mit Ausnahme einiger Eselsohren in den Seiten. Sie würde es beim nächsten Mal wieder nach oben legen müssen, damit Liane nichts mitbekam.

Etwas fehlte. Sie senkte den Kopf, drückte die Spindtür zu und steckte das Schloss in ihre Jackentasche. Sie marschierte zu ihrem Stammplatz in die Cafeteria. Sie blinzelte, um eine klare Sicht zu bekommen und niemanden anzurempeln.

Ich habe sie hängen gelassen.

Aber was sollte sie denn zu Sienna sagen? Sie hatte das Gefühl bei ihr gegen eine Mauer zu reden. Keiner ihrer Versuche zu helfen, hatte je geklappt. Wenn sie versuchte, sie zu trösten, warf diese ihr einen ausdruckslosen Blick zu. Christel malte sich aus, wie es Sienna mit ihren Problemen erging. Warum fanden ihre Worte keinen Anschluss bei ihrer Freundin? Sie würde gern helfen. Wie erklärte sie das Lukas? Es war besser, wenn er allein losfuhr. Sie widmete sich dem Problem mit dem Schloss und er half Sienna. Etwas, das sie nicht tat.

Ich bin eine schlechte Freundin. Und das muss ich akzeptieren. So ist es schon immer gewesen.

Das Auto hatte gebremst, trotzdem war es gegen den Körper des kleinen Mädchens gestoßen, das daraufhin auf die Straße fiel. Das kleine Mädchen war Christels Freundin in der Grundschule gewesen. Beide befanden sich auf dem Nachhauseweg, als es passierte.

Während ihre Freundin vor Schock gelähmt am Boden kauerte, stand Christel erstarrt auf der anderen Seite des Bürgersteiges. Sie wollte zu ihrer Freundin rennen, aber ihre Füße bewegten sich kein Stück. Sie gehorchten ihr nicht, egal wie sehr sie sich anstrengte. Sie waren am Boden festgewachsen.

Mittlerweile kam ein Mann aus dem Auto und sah sich um. Das Mädchen am Boden übersah er erst und blickte Christel an.

»Alles in Ordnung?«

Sie sah ihn mit großen Augen an und schaffte es, auf ihre Freundin zu deuten. Ihr Arm fühlte sich schwer an und sank wieder. Kein Wort kam über ihre Lippen. Tränen liefen ihre Wangen herunter. Sie wusste nicht, was sie tun sollte.

Erst als sich der Mann bestürzt ihrer Freundin zuwandte und weitere Passanten angerannt kamen, löste sich Christel langsam aus ihrer Starre und taumelte benommen zu den Leuten. Doch auf die Fragen, die sie ihr stellten, hatte sie vehement eine einzige Antwort: »Sie hat es nicht gesehen. Sie hat das Auto nicht gesehen!« Sie war hilflos.

*

Die Erinnerungen an dieses Kindheitstrauma holten sie ein, wenn sie sich einem Konflikt gegenüberstand. Sie schämte sich dafür, dass sie nichts getan hatte. Dass sie dagestanden hatte, ohne Antworten und hilflos wie ein Neugeborenes. Jedes Mal, wenn sie selbst Hand anlegen musste, dachte sie daran, wie sie wieder scheitern würde. Sie war noch nie gut darin gewesen, anderen zu helfen. Wie sollte sie das also bei Sienna tun? Christel wusste nicht, was es war, aber sie fühlte sich inkompetent in solchen Situationen.

Sie hat es nicht gesehen. Sie hat das Auto nicht gesehen!

7

Und wenn sie nach Aufmerksamkeit dürstete?

Nein, dann könnte sie sich in das Foyer stellen und herausschreien, was sie zu sagen hatte.

Das Tagebuch hatte sie befreit, aber sie hatte keine Wertsachen gestohlen.

Wieso nahm dieses Mädchen regelmäßig den Weg auf sich, in die Schule zu kommen, nur um etwas in das Tagebuch zu kritzeln? Wie kam sie überhaupt rein? Nachts in der Dunkelheit oder unauffällig am Tag?

Wenn sich jemand so benahm, dann gab es einen Grund. Es gab Antworten. Doch niemand außer ihre kannte die Fragen. Warum schrieb Liane in dieses Tagebuch? Andere Leute, die Probleme hatten, sprachen sie nicht mit einem Buch. Sienna redete mit Lukas ... oder mit Christel, obwohl ihr das nichts brachte. Und wenn Liane keinen Ansprechpartner hatte, außer dem Buch?

Während sie sich in ihren Gedanken verlor, blätterte sie in den Seiten.

Lieber Micah ... Mein liebster Micah.

Sie sprach nicht einmal das Tagebuch an. Es sei denn, es hieß Micah. Ein Drang zum Lachen überkam sie. Sie entnahm den Schriften, dass die beiden gelobten ein Paar gewesen zu sein. Wenn sie Micah, ihren Freund im echten Leben, nicht als Ansprechpartner hatte, dann gab es nur zwei Möglichkeiten.

Sie schluckte.

Entweder war er verreist ... aber dann hätte sie ihm Briefe geschrieben. Das führte sie zu dem Schluss, den sie schon von Anfang an befürchtete.

Es würde zusammen passen. Liane schrieb mit einem Toten. Natürlich hatte sie der Gedanke schon mehrmals begleitet. Liane hatte unzählige Andeutungen gemacht. Aber sie realisierte es erst jetzt. Sie schlug das Buch prompt zu, ein einziger Gedanke schwebte ihr im Kopf: *Es ergibt einen Sinn.*

Rache.

Schnell blätterte sie wieder ans Ende des Buches.

Rache
Rache
Rache

Drei mal? Das war kein gutes Zeichen. Entweder für Christel oder ... für das, was Liane vorhatte. Denn entweder war sie letztes Mal wieder zu inkompetent gewesen, um das dritte Wort zu bemerken, oder Liane hatte einen weiteren Schritt dieser ›Rache‹ vervollständigt. Sie beschloss, es sich später noch einmal anzusehen,

Den Großteil des Buches hatte sie gelesen. Es fehlte nur wenig. Liane hatte am Anfang, in dem Notizbuch gezeichnet. Die Seiten waren aber oft nur beschrieben mit Sachen aus ihrem Alltag.

In den ersten Einträgen drehte es sich hauptsächlich um Lianes Streit mit ihrer Mutter und ihrer Vorliebe für Übernatürliches. Zumindest war dies das Einzige, was Christel in Erinnerung geblieben war. Zwischen diesen Einträgen hatte sogar der sagenumwobene Micah in das Tagebuch geschrieben.

Hey Li, wenn du das siehst, wirst du bestimmt sauer sein, dass ich deine Lebensgeschichte hier unterbreche, aber das ist ja krass, wie viel du hier reinschreibst!

Jemand hatte den Eintrag mit einem roten Stift umkreist. Doch die Aussage stimmte. Ihr war aufgefallen, dass Liane ordentlich Zeit mit dem Tagebuch verbrachte. Der Grund, warum sie es nicht nach Hause mitnahm.

Niemals gehe ich das Risiko ein, dass Liane Verdacht schöpft. Ich bin so nah dran.

In Gedanken an die Geschichte hinter dem Tagebuch lief sie einen Marathon und die Ziellinie kam schemenhaft in ihr Sichtfeld.

Sie nahm das Buch in beide Hände und fasste es dabei so vorsichtig an, als würde es bei der kleinsten Berührung zu Staub zerfallen.

Erzähl mir alle deine Geheimnisse!

Egal, was mit Micah geschehen war, sie würde die verzweigte Geschichte entwirren, um der Ziellinie näher zu kommen. Ihre Freunde hörten ihr nicht mehr zu, wenn in einem ihrer Sätze auch nur das Wort ›Tagebuch‹ vorkam. Aber sie erwarteten dasselbe von ihr?

Das Geräusch der Klingel ließ sie zusammenzucken. Verwirrt klappte sie das Tagebuch zu und bereitete sich in Gedanken für ihre letzte Schulstunde vor – Kunst. Sie zeichnete in ihrer Freizeit. Sie setzte sich ihre Kopfhörer auf, lauschte irgendeinem Lied des Sticks, den ihr Vater ihr einst gegeben hatte und ignorierte alle Probleme. Sie blendete das Gekreische ihres kleinen Bruders aus, genauso wie die Nachrichten ihrer Freunde. *Hey Christel, hast du Lust, dich mit uns zu treffen? – Nein, heute nicht. Und ach ja: morgen auch nicht.*

Wenn es doch so leicht wäre. Nein, sie fand Ausreden. Sie passte auf ihren Bruder auf – dabei war ihre Mutter fast den ganzen Tag zu Hause – sie musste Hausaufgaben machen, verdammt was war schon dabei, wenn sie ihre Stifte der Farbe nach sortierte? Es spielte keine Rolle. Sie könnte auch sagen, dass sie den Nachbarshund rasierte, und ihre Freunde würden schreiben ›Ok‹. Bestimmt würden sie es schreiben. *Vielleicht.*

Jetzt ließ sie die Vorstellung zu malen, innerlich aufseufzen.

Als sie mit dem Tagebuch in der Hand den Weg zum Kunstraum anstrebte, breitete sich ein flaues Gefühl in ihrem Magen aus. Wenn Liane just in diesem Moment vor hatte, das Tagebuch hervorzuholen? Nein, das war Nonsens. So wie sie das seltsame Mädchen einschätzte, würde diese niemals zum Regelbetrieb erscheinen, wenn sie schon ihre Tagebucheinträge verschlüsselte.

Hoffentlich.

Still betrat sie den Raum und setzte sich. Sie sah sich im Kunstraum um. Saßen die beiden Jungen schon die ganze Zeit da hinten? Warum war es so leer?

Fast hätte sie ihre Hand an die Stirn geklatscht, ermahnte sich allerdings im letzten Moment, da sie nicht vor hatte, wie ein Depp auszusehen. Es fiel ihr wie Schuppen von den Augen. Lukas und Sienna waren nicht zurück ... aber Sienna und sie waren im selben Kurs. Lukas hatte jetzt Informatik.

Es war doch nicht schlimm, wenn sie ohne Sienna ging?

Etwas anderes blieb ihr nicht übrig. Wo auch immer

die beiden waren, sie sollten sich beeilen, denn Christel sträubte sich dagegen allein auf ihrem mittleren Platz zu sitzen, ohne die Anwesenheit ihrer Freundin, welche die Blicke von ihr ablenkte.

Der leere Platz wirkte wie ein Loch in einer Mauer. Wo blieben sie nur?

Du hast dich nicht um sie gekümmert, warum sollten sie sich um dich kümmern? Sie schluckte die innere Stimme herunter.

Der Lehrer, Herr Jahnsen, ging die Kursliste langsam durch und richtete dabei seine altmodische Brille auf. Christel spielte an ihrem Radiergummi herum. Nachdem er an ihrem Namen vorbei war, nahm sie es in die Hand. Je näher er Sienna kam, desto fester drückte sie.

»Krol, Sienna?«

Ihre Fingerknöchel liefen weiß an.

Herr Jahnsen lugte unter seiner Brille zu ihrem Sitzplatz hervor. Er öffnete seinen Mund und gleichzeitig tat es die Tür einen kleinen Spalt breit und Sienna schlich herein, die Kapuze über ihren Kopf gezogen.

»'Tschuldigung für die Verspätung«, murmelte sie im Vorbeigehen und setzte sich stumm neben Christel.

Diese versuchte Blickkontakt aufzubauen, nachdem sie leise aufgeatmet hatte und ihr das Radiergummi um ein Haar aus der Hand gefallen wäre. Doch Sienna starrte stumm auf ihren Tisch.

»Nun, dann können wir fortfahren ... Setzt du bitte deine Kapuze ab?«

Sienna gehorchte widerwillig. Ihre blonden Haarsträhnen verdeckten einen Teil ihres Gesichtes, sodass Christel nicht erkennen konnte, ob sie geweint hatte. Ein stechendes Gefühl breitete sich in ihrer Magengrube aus, als sie das Tagebuch hervorholen wollte. Vorsichtig zog sie es heraus, bemüht kein Geräusch zu verursachen. Derweil erklärte Herr Jahnsen die Aufgabenstellung für die heutige Stunde. Untypischerweise hatte er letztes Mal vergessen, ihnen Hausaufgaben aufzugeben, von daher sollten sie die Aufgabe jetzt erledigen.

Hier drehte es sich um etwas Unentbehrliches. Nachdem sie das Buch hervorgekramt hatte, schob sie es unter ihre Mappe und lugte zu ihrer Freundin. Das Gefühl verstärkte sich.

Oh man, was soll ich ihr sagen? Sie redet nicht mit mir.

Hilfesuchend sah sie sich um. Es war kein Lukas da oder jemand anders aus ihrem Freundeskreis. Die meisten hatten Kunst nicht belegt. Die Einzige, aus ihrer Freundesgruppe, die noch im Kurs war, war Emira und die war krankheitsbedingt nicht anwesend.

Wie klärte sie das Geheimnis des Tagebuchs auf und half gleichzeitig Sienna?

»Du warst bei Jakob, oder?«

Sie versuchte, ihrer Freundin eine Reaktion zu entlocken. Diese nickte matt, gab aber keinen Laut von sich.

»Ist etwas Schlimmes passiert, oder ... war es nicht so schlimm?«

Im selben Moment bis sie sich auf die Zunge.

Du Idiot! Was fragst du überhaupt so was Dummes?

Sienna sah sie kurz genervt an und nahm ihren Bleistift und steckte ihn in einen Anspitzer.

»Oh, das war nicht so gemeint ... ich meinte, ich ...«

»Es ist ok, Christel. Wir mussten was besprechen. Aber ich bin nicht in der Stimmung zu reden«, presste sie hervor.

»Oh ok, tut mir leid, ich wollte nicht ...«

Sie verpasste das Appell.

»Ernsthaft, kannst du mich bitte nicht ansprechen?«

Christel hatte den Drang, ihren Kopf auf den Tisch zu hauen. Vielleicht sollte sie es tun. Sienna würde merken, dass es ihr schwerfiel ...

»Christel? Hast du schon eine Idee, was du mithilfe der Perspektive besonders in den Fokus des Bildes stellen willst?«

Nachdem ihr Herz einen kurzen Sprung machte, sah sie auf ihr leeres Blatt, dann auf Siennas. Jenes wies schon einige Bleistiftskizzen auf.

Nachdenken!

»Äh, ich ... bin ehrlich gesagt noch am überlegen ... was ich in dieser Perspektive am besten zur Geltung kommen lasse.«

Sie setzte ein verschmitztes Lächeln auf. Bestimmt kam es falsch rüber. Sonst war sie oft diejenige, die Sorgfalt in ihre Aufgaben legte. Nun hatte sie nur einen Gedanken im Kopf.

Herr Jahnsen blickte nachdenklich auf ihr Blatt, dann nickte er. »Aber lass dir nicht so viel Zeit. Nächste Stunde sollt ihr fertig sein.«

Offenbar hatte er keine Lust, ihr Ratschläge zu erteilen und daher die Aussage ohne Kommentar angenommen.

Wenn es so leicht wäre meine Probleme zu lösen wie Ausreden zu finden, wäre ich immerhin ein Stück weiter.

Wollte sie jetzt anfangen? Der Drang weiterzulesen war zu groß. Der Lehrer marschierte zu den hinteren Reihen. Dort saß Karlo, ein geschwätziger Mitschüler. Ihr würde Zeit bleiben.

Chris, entweder du arbeitest jetzt oder du ermittelst weiter.

Es war keine schwere Entscheidung. Sie schlug ihre

Mappe zur Seite und tat so als würde sie darin etwas nachschlagen. Darunter verbarg sich das Tagebuch.

Sie hatte die meisten Einträge gelesen. Es fehlte nur einige längere, unsichtbare und die letzten Seiten, auf denen nur seltsame Notizen zu erkennen waren. Sie beschloss, sie sich anzusehen. Für eine längere Erzählung war sie zu unaufmerksam.

Hamburg, den 10.09.2018

Lieber Micah,

nicht mehr lang. Dann werden sie nach mir suchen. Aber keine Sorge. Ich werde alles tun, um am Ende bei dir zu sein.

Liane

Unten standen Namen. Bekannte Namen.

~~Tristan~~
~~Nicole~~
Marc
Joanne
Jonathan

Moment einmal, konnte das sein?

Die Namen ...

»Sienna! Ich weiß, wer es diesmal ist!«

»Was?«

»Es ist Marc!«

»Wovon sprichst du? Wer ist Marc?«

»Das letzte Opfer war Nicole, nicht? Dann muss es diesmal Marc sein!«

Sienna schüttelte ungläubig den Kopf, wahrscheinlich hatte sie Christel nicht einmal zugehört. Sie wandte sich von Sienna ab und starrte auf das Tagebuch. Wenn diese Liste stimmte, war Marc dann in Gefahr?

In rasendem Tempo kramte sie ihre Postmappe hervor und durchsuchte sie. Von allen Ereignissen, die ihr ins Auge gestochen waren, hatte sie die Schülerzeitung aufbewahrt, sie musste nur das richtige Datum finden.

Da ist es! Der 30.05.2018! An diesem Tag hat ein Laster den Jungen auf dem Schulweg überfahren. Ein tragischer Unfall ... aber wieso steht er auf der Liste, das ist doch ...

Es gab nur einen Weg, das herauszufinden. Ein Eintrag schwebte immer noch in ihrem Kopf, weil Liane darin ihren ›Plan‹ erwähnte. Sie schaltete die Hintergrundgeräusche um sich herum aus und blätterte wild zurück. Da war er!

Hamburg, den 30.05.2018

Lieber Micah,

ich habe es getan. Lange musst du nicht mehr warten, der erste Teil meines Plans ist vollbracht.

In Liebe
Liane

Nein. Das glich alles einem Missverständnis. Das konnte doch unmöglich ... Es war, als würde ihr Herz bis in den Keller der Schule rutschen. Kalter Schweiß brach auf ihrer Haut aus und sie sah sich wild um. Niemand schenkte ihr Beachtung. Wieso fand ausgerechnet sie so etwas? Sie ... die stille Mitschülerin von nebenan. Hätte das Schicksal nicht jemand anderes verfluchen können? Jemand, der wusste, was er tat?

Nicole. Eine Mutprobe? Es sah nicht mehr danach aus. Sie schüttelte den Kopf. Wie konnte überhaupt noch jemand etwas, das nach einem Suizid aussah mit einer Mutprobe abtun?

Plötzlich fielen ihr wieder die *drei* Worte ein. *Rache.* Aber Marcs Name war nicht durchgestrichen! Entweder sie hatte es vergessen oder Christel hatte noch eine Chance!

Sie klappte die Mappe zu. Sie hatte keine Ahnung, wie sie diese Sache klärte, aber ihr war klar, dass sie handeln musste. Christel sprang auf, suchte den Raum mit den Augen ab, bis ihr Blick Herrn Jahnsen traf, der in der letzten Reihe stand und wie vermutet mit Karlos über ein irrelevantes Thema diskutierte. Sie sah ihre Mission klar vor Augen.

Ich werde nicht einmal höflich bitten, dachte sie auf den Weg. Das hier konnte nicht warten.

»Herr Jahnsen!«, unterbrach sie das Gespräch. Beide Parteien blickten irritiert zu ihr. Bevor einer von ihnen den Mund aufmachte, ertönte das Signal des Lautsprechers.

Im ersten Moment, als die Stimme der Sekretärin erklang, begriff Christel nicht. Ihre gesamten Gedanken trug ein tosender Sturm davon, doch während der Rede setzte sich einer bei ihr fest:

Es ist zu spät.

»Sehr geehrte Kolleginnen und Kollegen, liebe Schülerinnen und Schüler. Ich muss Ihnen und euch leider mitteilen, dass der Unterricht heute aus internen Gründen nicht mehr fortgeführt werden kann. Ich bitte die Lehrkräfte darum, sich um die Schüler zu kümmern, die keine Möglichkeit haben, sofort nach Hause zu gelangen, und danke Ihnen im Voraus für Ihr Verständnis. Weitere Informationen werden wir Ihnen und Euch zukommen lassen, doch ich bin zuversicht-

lich, dass die Schule morgen wieder in den Normalbe-
trieb starten kann. Einen angenehmen Nachmittag.«

Der Ausnahmezustand war eingetroffen. Für wen
auch immer diese Liane arbeitete oder was sie damit
zu tun hatte: für Marc war es zu spät. Doch war das
sein Schicksal? Hätte sie es verhindern können?

8

Warum habe ich nachgegeben?

»Richie, ich finde, du solltest dem Ganzen eine Chance geben«, hatte seine Frau gekrächzt, als er ihr erzählt hatte, er wolle kündigen. Dabei hatte sie seinen Namen wie immer, wenn sie mit seinen Entscheidungen nicht einverstanden war ›Riehi‹ ausgesprochen. Diese Betonung verleitete ihn dazu, keine Diskussion anzufangen, die im Sande verlaufen würde. Er fand sich im Büro der Direktorin wieder.

»Nein, nein. Das kann ich nicht zulassen, Herr ... Storch.«

»Storchen«, verbesserte der Kommissar. Er nahm sofort einen großen Schluck seines Kaffees, damit niemand seine verzogene Grimasse seiner Aussage zuordnete, und stellte die Tasse mit Druck auf den hölzernen Schreibtisch zurück.

Die Direktorin marschierte, wie immer in kritischen Momenten, auf und ab.

Der Hausmeister stand am Fensterbrett gelehnt neben den gestreiften Vorhängen.

Ohne seine Anmerkung zur Kenntnis zu nehmen, blieb sie stehen und sah jede Partei im Raum eindringlich ins Gesicht.

»Nein, der Elternrat würde dem nicht zustimmen. Ich kann kein schlechtes Licht auf unsere Schule werfen. Nicht so kurz vor dem Schulfest. Das hier ist doch kein ... kein ... Das hier ist eine staatlicher Bildungseinrichtung! Die Schüler haben ein Recht auf Unterricht. Bis jetzt werde ich noch nicht gezwungen, die Schule-«

»Frau Bique, im Normalfall sollten Sie die Schule schließen, zumindest solange bis die Ermittlungen abgeschlossen sind und wir weitere Gefahren ausschließen können. Außerdem«, fügte er hinzu, »wollen die Eltern ihre Kinder sicherlich nicht potenziellen Gefahren aussetzen. Der Elternrat sollte also nichts dagegen haben.«

Nach einer kurzen Pause seufzte der Kommissar. Er hatte einen Blick auf die Direktorin geworfen, die sich mit trotzigem Gesicht ihre Brille zurechtrückte und dann die Falten ihrer Bluse glättete.

»Ansonsten würde ich Ihnen raten, dass die Eltern diese Woche selbst entscheiden, ob sie ihre Kinder zur Schule schicken. Nur unter strengen Auflagen, aber das sollten Sie mit dem Schulministerium und den Zuständigen absprechen. Vielleicht kann man da was machen.«

Nachdem die Beamten sie verlassen hatten, ließ sich Frau Bique auf einen Stuhl plumpsen.

»Oh je, oh je. Was geht hier nur vor sich?«, murmelte sie. Das Gesicht zu einer Grimasse verzogen wie als hätte sie erfahren, dass ihr Schwiegersohn sie um Geld bestohlen hatte. »Zwei tote Schüler an meiner – unserer Schule! Wo soll das hinführen?«

Sie sah zwischen die Gardinen nach draußen, wo der sonst belebte Schulhof schweigsam dalag.

Die Sekretärin räusperte sich verlegen und tippte etwas in ihren Computer ein. »Eigentlich waren es doch vier ... dieses Kalenderjahr«, fügte sie leise hinzu.

Die Direktorin warf ihr einen Blick zu, der ausgesprochen ›Halt bitte die Klappe‹ heißen sollte.

»Nun denn. Ich denke, ich werde mich jetzt höchst persönlich um das Schlamassel kümmern.«

Mit diesen Worten stand sie auf und stolzierte zu ihrem Schreibtisch.

Für ihn, als Hausmeister, würde das heißen, dass er auf die Anweisungen warten sollte, um das zu tun, was nötig war, damit die Schule am nächsten Tag öffnen konnte.

»Denken Sie wirklich einer unserer Schüler hat diesen Shake präpariert?«

Die Frage überraschte ihn. Die letzte Nachricht die der verstorbene Schüler an seinen Kumpel gerichtet in sein Smartphone eingetippt, aber nicht verschickt hatte, war ›hol' Hilfe, ich komme nicht, in meinem Shake is‹ gewesen. *Oder so ähnlich.*

»Diese Nachricht könnte alles Mögliche bedeuten. Aber vielleicht steckt ja wirklich etwas dahinter. Wieder einer, dieser dummen Streiche.«

»Ich glaube es nicht. Die Schüler müssen doch den Verstand haben, dass sie wissen wie tödlich eine Überdosis an Schlaftabletten sind.«

Er kratzte sich am Kopf. »Waren es nicht Schläge mit dem Knüppel, die ihn umgebracht haben? Vielleicht war das mit den Tabletten nur ein Scherz der Schüler. Es kann doch nicht sein, dass jemand einen ganzen Mord geplant hat. Nein, nicht hier an unserer Schule.«

»Zufällig wurde er zuerst mit Tabletten betäubt und dann erschlagen, ja? Das sieht für mich eher aus, als wäre ein Streit der Auslöser. Herr Baumann, was ist mit den anderen? Unsere Schüler müssen doch die Vernunft besitzen, einen Sprung vom Dach nicht als

Mutprobe zu sehen«, sie warf einen Blick zur Sekretärin, »oder aufzupassen, wenn sie an einer dicht befahrenen Straße Skateboard fahren. So etwas darf es an meiner Schule nicht geben. Allein, dass Marc erst einen ganzen Tag später von unserem Musiklehrer gefunden wurde. Stellen Sie sich nur einmal vor, ein Schüler hätte ihn gefunden. Der wäre jetzt traumatisiert und wir würden den Ärger dafür kriegen!«

»Durch die Maßnahmen wird das jetzt verhindert. Die Kinder werden nicht mehr alleine in solchen Teilen des Gebäudes sein«, merkte er trocken an.

»Und was ist mit den anderen Schülern? Es ist erforderlich, dass wir mehr Druck aufbauen. Die Lehrer haben die Pflicht zu merken, wenn etwas nicht stimmt, um so etwas zu vermeiden.«

»Woher sollen die denn unterscheiden, was Spaß und was ernst gemeint ist? Ich denke, hier läuft einer ihrer Trends mit Mutproben und so ab. Und an die Folgen denkt natürlich keiner.«

»Aber irgendetwas läuft falsch.« Sie rümpfte die Nase. »Ich will nicht, dass etwas falsch läuft. Was war mit dem Ersten? Tristan, so hieß der Junge. Sein Vater setzt sich mittlerweile für sicherere Schulwege und mehr Rücksicht unter den Schülern ein!«

Sie stand auf.

»Das war ein Unfall. Ich denke nicht, dass da ein Zusammenhang besteht. Und generell finde ich, wir sollten das alles der Polizei überlassen. Wozu sind die denn hier?«

Nach diesen Worten des Hausmeisters seufzte die Direktorin auf und setzte sich. Sie warf einen Blick auf ihren Kollegen und schüttelte den Kopf.

Natürlich sind wieder alle anderen schuld. Wenn ein Machthaber seinen Bürgern nicht zuhört und alles auf eigene Faust erledigt, läuft es in einer Stadt eben nicht friedlich.

*

Christel hatte zu Hause zu bleiben. Es trotzte vor Zwecklosigkeit, ihre Eltern zu überreden. An dem Tag, an dem sie ihr siebtes Weihnachten gefeiert hatte, wurde ihr diese Tatsache das erste Mal vor Augen geführt. Ihr Mutter hatte ihr eine Woche zuvor versprochen, dass sie das langerwünschte Haustier bekommen würde. Christel war kurz davor gewesen, ein Hundehalsband zu kaufen. In Wirklichkeit war es ihr aber egal, was für ein Tier sie bekam. Hauptsache ein Lebendiges, um das sie sich kümmern konnte. Sie öffnete ihr Geschenk und ihr Blick fiel auf einen haarigen Klumpen. Nach einigen Sekunden realisierte sie, dass es sich bei dem regungslosen Etwas um einen Plüschhund handelte.

Ihr kleiner Bruder hingegen hatte letzte Weihnachten eine Katze bekommen. Nach einer Woche hatte er sie in die Waschmaschine gesteckt – glücklicherweise hatte er den Start-Knopf nicht richtig gedrückt – seitdem kümmerte Christel sich um die Katze.

Diesmal war sie kurz davor, ihre Mutter zu überreden. Doch nachdem ihr Vater gekommen war und seine Argumentation vorgelegt hatte, löste sich diese Hoffnung schnell in Luft auf.

»Ich weiß, wozu Jugendliche fähig sind ... und ich möchte nicht, dass du damit konfrontiert wirst, solange die Verantwortlichen nicht gefunden wurden«, hatte Raphael Garb, ein Mann mittleren Alters und mit italienischen Wurzeln, gesagt. Seine Frau, Angelina Garb, hatte ihre Zustimmung mit einem Nicken bestätigt. *Wie immer.*

Christel erinnerte sich daran, wie sie ihren Vater einige Male zur Arbeit begleitet hatte. Im Büro, seinem Hauptsitz, war es langweilig, aber in einer der Einrichtungen fand sie mehr Interesse. Jugendliche, die es schwer im Leben oder Probleme in der Familie hatten, gingen dort hin. An irgendeine Person erinnerte sie der Platz, doch sie kam nicht darauf. Stattdessen stellte sie sich die Lobby vor. Einige Kicker und Tischtennisplatten gab es, umringt von Jugendlichen. Andere, die es bevorzugten allein zu sein, saßen auf den Sofas und hörten Musik.

Damals dachte sie, dort gingen die ›ganz Schlimmen‹ hin. Die, die schon früh auf die schiefe Bahn geraten waren. Das hatte ihr Vater gesagt.

Doch mittlerweile hatte sie begriffen, dass solche Probleme einen Auslöser bedurften. Die Person, dessen Name ihr nicht eingefallen war, hieß womöglich Sienna. Hatte sie ihre Eltern überhaupt gefragt, ob sie zur Schule gehen dürfte, oder genoss sie die Einsamkeit?

Christel für ihren Teil wäre lieber zur Schule gegangen. Dabei spielten der Unterricht und sogar ihre Freunde eine Nebenrolle. Die Hauptrolle ergatterte das Tagebuch. Sie war der Sache nahe. Sie musste herausfinden, was es mit dieser Liane auf sich hatte und wie sie die weiteren Opfer schützen konnte vor Lianes Plan oder was auch immer sie damit zu tun hatte. Sie kannte die Namen.

Man würde ihr Vorwerfen, sie verbrachte zu viel Zeit in der Irrealität, würde sie irgendjemandem davon erzählen, der es nicht wusste.

Wann öffnete die Schule wieder für alle? Nächsten Freitag fand das Schulfest statt.

Bitte, die Polizei ist während der Schulschließung erfolgreich und kann das ganze aufklären.

»Christel, komm! Schau mal!«, kreischte ihr kleiner Bruder verzückt.

Sie schob ihren Stuhl seufzend zurück und begab sich auf den Weg. *Was hat Nicklas diesmal angerichtet?*

Sie öffnete seine Zimmertür ruckartig und warf eilig einen Blick auf ihren Bruder. Sie erstarrte in ihrer Bewegung. Nicht die Tatsache überraschte sie, dass er voller Farbe war. Nein, in seiner rechten Hand hatte er die Katze am Nackenfell gepackt. Die Farbe war nicht nur dort. Das gesamte Fell leuchtete blau.

»Was …«

»Guck mal! Sie sieht voll hübsch aus.« Er grinste zufrieden mit seinem Werk.

Christel empfand keine Befriedigung, dass er Ärger bekommen würde. Denn wer würde das Schlamassel wegräumen und die arme Katze von ihrem Leid befreien?

»Bist du wahnsinnig? Du kannst Kira doch nicht anmalen!«

Er sah sie an, als wären ihr ein zweites Paar Arme gewachsen.

»Wieso nich'?«

»Sieh nur, was du gemacht hast!«, sie stieß die Tür auf und schritt dann zu ihm herüber, um die Farbflasche aus der Hand zu nehmen und die Katze zu befreien. Doch er rückte sie nicht her.

»Lass sie los!«

Er griff mit der anderen Hand zu und die Katze kreischte und knurrte, ihre Pfoten fuchtelten wild in der Luft. Schließlich bekamen ihre Krallen seine Haut zu fassen und sie sprang davon, ehe Christel sie erwischte. Als wäre das nicht genug, fing Nicklas an, fürchterlich zu kreischen, und hielt seine Hand hoch. Die Tränen liefen über sein Gesicht, das nicht weniger Sommersprossen hatte als ihres.

»Sie hat mir wehgetan!«

»Weil du ihr wehgetan hast! Jetzt geh zu Mama, soll die sich um dich kümmern. Ich muss Kira finden.«

»Aber ...«. Nicklas verschluckte sich an seinen Tränen und hustete.

»Von mir kannst du kein Mitleid erwarten.« Ohne ein weiteres Wort zu sagen, stürmte sie aus dem Zimmer und hielt nach der Katze Ausschau.

»Was ist hier für ein Krach?«, ertönte die Stimme ihrer Mutter, welche die Treppen hoch stürmte.

»Geh am besten selbst gucken.«

Christel sah sich um, bis sie Kira ein Stück weit entfernt neben dem Schrank hocken sah, im Versuch sich von der klebrigen, blauen Farbe zu befreien, die ihr weißes Fell kürte.

»Hey. Komm her ... Kira, miez!«

Kiras Blick nach zu urteilen, kam sie mit ihrem ›Miez‹ nicht weit. Sie blickte sie an und wollte dann flüchten.

»Halt. Bleib stehen! Ich mach das wieder ab, bevor es trocknet.«

Die Katze hörte ihr nicht zu, sie schlüpfte unter die Kommode.

Na toll. Wie soll ich sie dazu bewegen, da raus zu kommen?

Es dauerte eine Ewigkeit, bis sie die Katze ein Stück weit hervorlockte – sie büßte einige Kratzer ein – und stolperte mit dem knurrenden Raubtier in den Händen ins Badezimmer. Was war es für eine Mühe, die blaue Farbe vollends aus dem schneeweißen Fell zu waschen! Sie hatte alle Shampoos und Hausmittel an ihr ausprobiert, die sie hatten, und doch schien es, als würde noch immer ein blauer Schleier auf dem Fell liegen.

Seufzend entließ sie die Katze in ihre Freiheit und hing die Handtücher auf. Ihre Mutter ermahnte ihren kleinen Bruder im unteren Stockwerk, nicht frisch geduscht nach draußen zu rennen, um sich keine Erkältung zu holen. Das Wetter wurde allmählich immer herbstlicher, die Temperaturen sanken langsam.

Sie stieg die Treppen nach unten, nachdem sie ihre Kleidung gewechselt hatte, und traf auf Nicklas. Ohne ein Wort zu sagen, stürmte er mit wütendem Gesicht an ihr vorbei.

Nur, weil ich ihn nicht bei seinem ›Kunstwerk‹ unterstützt habe.

Ein Grund mehr, warum sie gerne zur Schule gegangen wäre. Ließ man ihren Bruder einmal aus den Augen, musste man damit rechnen, dass das Haus Feuer fing. Sie saß in den Fängen dieses Hauses und die Lehrer hatten ihr in der Eile nur spärlich Aufgaben gegeben. Ihre Mutter erwartete, dass sie auf ihren Bruder aufpasste, während sie damit beschäftigt war, an ihren Sachen zu nähen.

Sie und ihre Nähstube ... immerhin muss ich nicht viel Geld für Klamotten ausgeben.

Unten angekommen erblickte sie ihren Vater, der seine Arbeit beendet hatte. Er schritt mit einer Zeitung zur Terrasse. Draußen schienen die letzten Strahlen der Sonne zu ihnen herunter. Christel schlüpfte an ihrer Mutter vorbei, nahm sich ein Glas Limonade und folgte ihrem Vater. Er half vielen Menschen ... würde sie davon auch profitieren?

Das mit dem Tagebuch sage ich ihm nicht ... oder doch?

»Hallo, Chris. Alles gut?«, begrüßte er sie.

Sie setzte sich ihm gegenüber und warf eine Strickjacke über ihre Schultern.

»Es geht.« Das war nur die halbe Wahrheit, aber besser als ihn komplett anzulügen.

»Ist doch nicht schlecht, ein paar Tage frei zu haben, oder?«

Welche Antwort erhoffte er? Sie hätte sich gefreut, denn ihr bot sich die Chance, alle Hausaufgaben aufzuholen, und für ihre Klausuren zu lernen. *Normalerweise.* Diese Täterin konnte jeden Moment erneut zuschlagen. Oder wägten sich die möglichen Opfer in Sicherheit? Aber wie sollten die Ermittler darauf kommen, dass Liane dahintersteckte, sie war doch ...

»Offenbar bist du nicht so zufrieden.« Ihre Gedankengänge wurden von ihrem Vater unterbrochen, der seine Zeitung umblätterte.

Christel warf einen Blick auf die Zeitung und das Titelbild unter der Überschrift »Lokales«. Dort prangte ein Bild ihrer Schule. Das Schulgebäude füllte den Hintergrund. Der Fokus lag auf einem gestreiften Absperrband.

Nein, ich sage es ihm nicht ... andererseits kennt er sich doch mit solchen Jugendlichen aus. Es besteht die Möglichkeit, dass er eine bessere Erklärung hat.

»Glaubst du, dass Menschen das ernst meinen, was sie in ein Tagebuch schreiben?«

Über die Zeitung hinweg warf er ihr einen Blick mit gerunzelter Stirn zu. »Wie kommst du denn darauf?«

»Na ja ... also in dem Spind, den ich gemietet habe, da habe ich ein Tagebuch gefunden. Und ich bin mir nicht sicher, ob es etwas zu bedeuten hat, was da drin steht.«

»Weißt du denn, wem es gehört?«

»Ja, das ist so ein Mädchen, das ist jetzt, glaube ich, ein oder zwei Jahrgänge über mir. Und die schreibt dauernd irgendetwas davon, dass sie sich an jemand rächen will.«

Ihr Vater lachte kurz auf. »Und jetzt denkst du, das könnte etwas mit den Morden zu tun haben?«

Christel betrachtete weiterhin schweigend das Titelblatt.

»Wenn ich eines aus der Arbeit gelernt habe, dann, dass Drohungen oft nur heiße Luft sind. Ich habe nie erlebt, dass sie erfüllt werden. Vor allem nicht durch Morden, das waren höchstens ein paar Schlägereien zwischen Betrunkenen.«

Und was war, wenn es Leute gab, die es umsetzten?

Vielleicht hatte diese Liane wirklich nichts damit zu tun? Oder sie hatte ihnen diese Aufgaben gestellt und sie waren so naiv, sie auszuführen. Einer ihrer Freunde, Finn, hatte ihnen einen Link zu einer Diskussion auf den sozialen Medien geschickt. Dort behaupteten einige Schüler, dass das dritte Opfer, es handelte sich um einen Marc, zu viele Schlaftabletten genommen hatte. Auch, wenn es äußerst fraglich war, von wo die Schüler diese Informationen hatten – die Schule hüllte sich in Schweigen – konnte da etwas dran sein. Bis jetzt wirkten zwei der ›Morde‹, für viele wie ›Selbstmorde‹.

Aus ihrem Vater wurde sie nicht schlau, das merkte sie. Es war sinnlos, ihm mehr zu erzählen.

»Ach, es war nur so ein Gedanke«, murmelte sie.

»Was war denn eben los zwischen dir und Nicklas?«

Er störte sich nicht mehr um das Thema und wechselte es prompt.

»Er hat Kira mit blauer Farbe angemalt.«

»Oh je, habt ihr sie wieder sauber bekommen?«

»Ja, aber wieso macht er so was? Wie kommt er darauf?«

Ihr Vater seufzte. Amüsiert von ihrem ungläubigen Tonfall. »Manchmal tun Menschen eben etwas, auf das andere nicht einmal in ihren bizarrsten Träumen gekommen wären.«

Das klingt ja fast so wie ... denk nicht mehr dran!

»Wie läuft es auf der Arbeit?«

»Jo, ganz okay. Einige meiner Schützlinge waren aber länger nicht mehr da, obwohl ich sie regelmäßig sprechen wollte, das sorgt mich schon«, gab er zu.

»Gibt es wirklich welche, die nie wieder kommen? Was macht ihr denn, wenn es ihnen nicht gut geht?«

»Eine gute Frage. Die meisten finden wir wieder. Aber ich kann mich an an ein Pärchen erinnern, die hatten eher etwas mit Thomas zu tun ...«

Thomas war ein guter Freund der Familie und ein Kollege ihres Vaters, zumindest arbeitete er dort ehrenamtlich neben seiner frühen Rente, die auf einen Arbeitsunfall zurückzuführen war. Ihr Vater hingegen war der Stellvertreter der Organisation und für diesen Posten verdiente er nicht so schlecht. Aber auch nicht sonderlich viel.

»Was ist denn mit denen passiert?«

»Er war ziemlich genervt von denen. Das Mädchen war total frech zu ihren Eltern und für sie zählte nur noch der Junge. Der hatte auch Dreck am Stecken. Nun ... «, ihr Vater zögerte, nicht sicher, ob er ihr so viel erzählen konnte, »nachdem er Selbstmord begangen hat, kam sie nie wieder.«

Einige Augenblicke blieb es still, dann fragte Christel: »Und ihr habt sie nicht finden können?«

»Nein, Freunde hatte sie keine und ihre Mutter, die ist sogar Polizistin, meint, sie kann sie selbst kaum erreichen.«

»Oh, das ist ja kompliziert.« Was sollte sie dazu sagen? Sie selbst konnte sich nicht vorstellen, wie es war, wenn einer ihrer Freunde Suizid begehen würde oder wenn sie den Kontakt zu ihren Eltern abbrechen würde. Unvorstellbar.

»Ja, leider passiert so etwas öfter. Bitte tu mir den Gefallen und sei vorsichtig.«

Christel nickte. Sie nahm ihr leeres Glas und brachte es in die Küche.

Dabei surrte etwas in ihrem Hinterkopf. Liane hatte ein ähnliches Schicksal ... war ihre Mutter nicht Polizistin? Und irgendetwas war mit ihrem Freund, Micah. Parallelen gab es zwischen den beiden. Aber wer sagte, dass es sich dabei um Liane handelte? Paare gab es wie Sterne am Himmel. Auch, wenn manche Sterne heller leuchteten als andere.

9

Die Ungeduld wandelte sich in Frust. Es war wie in einem Test, wo ihr die Antwort auf der Zunge lag, aber sie diese nicht in Worte fassen konnte. Das Tagebuch spielte die Hauptrolle bei den Morden, aber sie wusste nicht warum. Das Gefühl begleitete sie in die nächste Woche und verstärkte sich in ihrer Mittagspause. Auf Hausaufgaben oder den Unterricht konzentrierte sie sich kaum. Sie zweifelte daran, dass es jemand tat. Der Gedanke, bevorstehende Klausuren zu verschieben, schwebte in einem Radius um die Lehrer herum. Trotz der Bemühungen war die Stimmung im Unterricht wie in einem glühenden Kessel. In jeder Ecke sah man tuschelnde Schüler, niemand durfte sich allein im Gebäude bewegen. Die Bildung einer Gruppe von mindestens drei Personen war vorgeschrieben. Die zusätzlichen Fluraufsichten überanstrengten die Lehrer. Jeder Schüler, der Informationen über bevorstehende Geschehnisse hatte, sollte sich umgehend im Sekretariat melden. Es wurden erst die Gruppen gebildet, bevor jemand in der Schulstunde auf die Toilette durfte. Die Polizei schaute regelmäßig vorbei. Das waren die ersten Einschränkungen, die in ihrem Kopf auftauchten, wenn sie daran dachte.

Tuschelnden Schüler sahen sich an, wie als erwarteten sie, dass ihr Sitznachbar ein Messer hervorholen und sie erstechen würde.

Was würde sie geben, um wieder ohne die Bauchschmerzen verursachenden Gedanken an das Tagebuch zur Schule zu gehen. Aber das Schicksal hatte ihr die Pflicht auferlegt, herauszufinden, wer die Tagebuchschreiberin war.

Dieses Tagebuch ist der Schlüssel. Was, wenn ich jemanden finde, der Liane kennt?

Sie erinnerte sich vage an ein Mädchen, dessen Name auf den am Anfang beschriebenen Seiten verweilte. Es handelte sich um denselben Anfangsbuchstaben wie ihren eigenen, an den vollständigen Namen erinnerte sie sich nicht.

Wenn sie das Mädchen fand, dann kam sie an mehr Informationen.

Wie soll ich ihr das erzählen? Was ist, wenn sie Liane warnt und sie das Tagebuch nicht mehr im oder am Spind versteckt?

»Jerome, Emira, könnt ihr kurz mitkommen? Ich muss was aus meinem Spind holen.« Mit beiden Freunden hatte sie Minuten zuvor im Unterricht gesessen. Es war die einzige Stunde mit Jerome und einer der wenigen mit Emira.

Beide stimmten zu und sie gingen los. Dort fiel Christel ein, dass das hier die geeignete Gelegenheit war. Jerome kannte so gut wie jeden in der Schule, er konnte ihr sicherlich weiterhelfen oder zumindest zu anderen Personen weiterleiten.

Sie griff nach oben. Der Platz, wo sie das Tagebuch hingelegt hatte, als die Durchsage der Schulleiterin durch das Gebäude getönt hatte, war leer. Angespannt sah sie im ersten Versteck nach, wo es sonst immer gelegen hatte. Dort fand sie es. Liane hatte es zurückgelegt.

Neben dem Spind blätterte Christel in den Seiten des Tagebuchs.

»Was ist das?« Jerome blickte sie fragend an.

»Ein Tagebuch ... aber nicht mein eigenes. Das erkläre ich euch ein ander mal«, antwortete Christel zögerlich.

Beinahe riss sie eine Seite ein, als sie hektisch zum allerersten Eintrag zurückblätterte.

Da ist es!

»Was habt ihr denn hier zu suchen?«, ertönte urplötzlich die Stimme eines Lehrers.

Bevor Christel oder Emira den Mund aufmachten, antwortete Jerome betont lässig: »Wir mussten was holen, keine Sorge. Sind' gleich wieder weg.«

»Das hoffe ich. Steht hier nicht so lange herum.« Der junge Lehrer mit dem Stoppelbart – wie auch immer er hieß – schritt knapp an ihnen vorbei und nickte monoton.

»Was macht der denn für ne' Welle? Als wär' das jetzt verboten.« Jerome sah ihm mit verachtendem Blick hinterher.

»Ich glaube, die wollen nur für unsere Sicherheit sorgen. Bei all den schrecklichen Dingen, die hier passieren sollen«, warf Emira ein.

Ein Prusten von Jerome ertönte, sie beachtete es nicht.

Chloe.

So lautete der Name, den sie gesucht hatte. Sie überflog die Texte, die mit einem sichtbaren Stift geschrieben worden waren, fand aber keine relevante Information. Sie hielt ihre Handy-Taschenlampe auf ein paar leere Seiten am ende gerichtet und erkannte die

Schriftrückstände des UV-Stiftes. Sie zu lesen war kaum möglich.

Das ist aber ein langer Eintrag!

Den würde sie sich bei nächster Gelegenheit durchlesen. Sie klappte das Buch zu und entdeckte einen eingefalteten Stauraum im Umschlag, der ihr bisher nicht aufgefallen war.

Was tut man da wohl rein?

Sie hörte, dass sich Jerome und Emira hinter ihrem Rücken unterhielten, und blendete sie aus.

»Das Foto!«, murmelte sie leise.

Es hatte eines von Liane gegeben! Wenn sie das dieser Chloe zeigte oder jemand anderen, der sie kannte, würde sie mehr herausfinden, zumindest hatte sie dann einen Verbindungspunkt zu Liane. Sie hatte es zwischen irgendeine der Seiten geklemmt. Christel blätterte eilig durch, sie fürchtete schon, sie hatte es verloren. Da fiel es heraus. Sie fing es im letzten Moment auf und blickte wieder auf das charakteristische Gesicht Lianes. Euphorisch klappte sie das Tagebuch zu.

»Na endlich!«, kam es von Jerome. Emira und er setzten sich in Bewegung.

Christel hatte das Buch zurück in das Versteck gelegt und den Spind geschlossen, da regte sich etwas in ihrem Augenwinkel. War da jemand am Fenster? Sie sah erneut hin. Diesmal erkannte sie nur den Schulhof dahinter – einen Teil davon, denn eine Hecke versperrte die Sicht. Weiter weg lag die Tür, welche hinter der Glasscheibe rechts von ihr und den Spinden war. Sie trennte den hintersten Track des alten Gebäudes. Dort lagen ein Klassenraum und das Treppenhaus, das zum Dach führte ....

»Christel, kommst du? Oder willst du Ärger kriegen?«

Sie warf einen letzten Blick auf das Fenster. Vielleicht war es einer der jüngeren Schüler gewesen, den sie hinter der Scheibe gesehen hatte. Sie spielten dort öfter.

»Ich hoffe, das war jetzt keine Zeitverschwendung.«

»Nein, Jerome, ich muss dich etwas fragen.«

Er hob die Augenbrauen erwartungsvoll. Mittlerweile waren sie wieder in der Cafeteria angekommen.

»Kennst du ein paar von den Schülern, in den Stufen über uns? Also eher ein Mädchen. Ihr Name ist Chloe.«

Erst sah er sie verwundert an, dann schweifte sein Blick ab. »Also mit den Mädchen habe ich nicht viel am Hut ... aber ich könnte Jan fragen. Der kennt die bestimmt. Oh, und da ist er!« Er deutete auf eine Ansammlung von Jungen am Ende des Raumes.

»Bin gleich wieder da.«

Ehe Christel etwas sagte, war er am hinteren Raum. Sie bewunderte ihn für seine Offenheit. Wie kam es denn bitte rüber, wenn er urplötzlich nach einem Mädchen aus der Stufe über ihn fragte?

Nervös hielt sie das Foto in ihrer Hand. *Hoffentlich finde ich sie. Sie ist meine einzige Chance, mehr über Liane zu erfahren.*

Jerome redete mit einem braunhaarigen, größeren Jungen. Er runzelte die Stirn, sein Blick fiel kurz auf Christel und dann zu seinem Gegenüber. Er sagte ihm etwas und Augenblicke später war Jerome wieder da.

»Also genau weiß Jan nicht, wo sie ist. Aber er meint, sie hängt oft mit ihren Freundinnen im oberen

Stockwerk rum. Da bei der anderen Reihe von Spinden ist ja eine Sitzecke.«

»Alles klar ... also ist sie da jetzt wahrscheinlich auch.«

»Nein, er meint, sie ist mit ihrem Kurs auf so einer Exkursion. Die kommen zwar morgen zurück, müssen aber erst ein Tag später zur Schule.«

»Erst Mittwoch?«

»Ja ... musst du denn so dringend mit ihr reden?«

Christel seufzte. Wenn sie bejahte, dann würde er vorschlagen, ihre Nummer herauszufinden, aber sie bevorzugte es lieber persönlich mit Chloe zu sprechen. Sie kannte sie nicht und ...

In der Zwischenzeit war Jerome an sein Handy gegangen.

»Hier, ich habe ihre Handynummer von einem Bekannten bekommen. Schreib ihr doch eine Nachricht.«

Perplex starrte sie auf den Bildschirm, den er ihr hinhielt.

»Äh, ich weiß nicht ...«

»Ich dachte, das wäre dir wichtig?«

»Ok, zeig her. Ich versuche es.«

Nachdem er ihr die Nummer gab, setzte sie sich an einen der Tische.

Was soll ich ihr schreiben? ›Hey, Chloe! Frag mich nicht, woher ich deine Nummer habe, aber ich muss dir ein paar dringende Fragen stellen!‹

Nein. So nicht.

Mit zitternden Fingern fing sie an, zu tippen und verfluchte sich, als sie die Nachricht abschickte. Eine Fremde aus dem Nichts anzuschreiben erinnerte sie an den Tag, als ihre Mutter ihr gesagt hatte, sie wäre alt genug, um ihre Arzt-Termine selbst auszumachen.

Ist es das wert? Sie schüttelte den Kopf. Aber wer machte es sonst? Das Tagebuch kümmerte niemanden.

Du bist einfach feige. Nicht mal das kriegst du auf die Reihe, spottete ihre innere Stimme.

›Hallo Chloe. Mein Name ist Christel und ich bin zwei Jahrgänge unter dir. Das kommt dir jetzt vielleicht komisch vor, aber ich brauche deine Hilfe. Die Sache betrifft ein Mädchen, mit dem du befreundet bist oder warst. Vielleicht könnten wie eine Zeit vereinbaren, wo wir telefonieren oder wenn das nicht geht, dann treffen wir uns in der Schule? Bitte, es ist mir wichtig. LG Christel‹

Nach dem Schulschluss sah sie auf ihr Handy. Dieses zeigte ihr keine Nachricht von Chloe an. Sie tippte auf den Chat. Chloe hatte ihre Nachricht gelesen, aber nicht geantwortet.

Vielleicht hat sie keine Zeit? Oder sie hat keinen Schimmer, was sie mit antworten soll ...

Die Angst, Chloe würde nicht mit ihr sprechen wollen, ließ sie nicht los. Was es auch war, Christel hoffte inständig, die Schulmaßnahmen verhinderten einen weiteren Unfall. Zumindest bis sie mit Chloe gesprochen hatte.

19.09.2018, Mittwoch

Christel fand sich auf den Weg in den ersten Stock der Schule wieder. Ihr Atem hatte sich nach den Treppenstufen deutlich beschleunigt und sie atmete, oben angekommen, kurz durch.

Vielleicht sollte ich mehr Sport machen.

Sie sah sich um. Chloe hatte ihr einen Tag später

zurückgeschrieben, dass sie sich am Mittwoch in der Mittagspause treffen könnten. Sie suchte die leeren Gänge mit den Augen ab. Der Lehrer hatte ihren Kurs vorher entlassen. Sie machte sich auf den Weg zu dem besagten Platz. Erst als sie eine Gruppe von Mädchen auf sich zukommen sah, fiel ihr auf, dass sie keine Ahnung hatte, wie Chloe aussah.

Oh man.

Es waren fünf Mädchen. Drei davon trugen ihre blonden Haare in verschiedenen Frisuren, zwei hatten dunkle Haare. Niemand sah sie direkt an.

Sie liefen knapp an ihr vorbei und setzten sich an den Pausentisch. Sie kam sich vor wie in einem schlechten Film. Das Tagebuch in der Hand und an die Wand gelehnt schielte sie zu der Gruppe herüber. Sollte sie die ganze Pause hier rumstehen und warte bis Chloe, wer auch immer sie war, sie ansprach?

Ein Mädchen richtete ihren Blick auf Christel und stand auf.

»Komme gleich«, sagte sie an ihre Freundinnen gewandt und drängte sich durch, bis sie vor ihr stand.

»Hi, bist du Chri...Christel?« Sie musterte sie kritisch, wie als hätte Christel ihr verkündet, sie würde sie gerne zu einem Buchclub-Treffen einladen.

»Ja, dann musst du Chloe sein, stimmt's?«

»Ja ... Was wolltest du jetzt eigentlich von mir?« Sie fuhr sich durch ihre schulterlangen, hellblonden Haare.

Christel holte tief Luft. »Kennst du eine Liane?«

Chloe hob überrascht ihre Augenbrauen.

»Du meinst Liane Hertz?«

»Ja ... ich habe ihr Tagebuch gefunden und da hat sie dich erwähnt. Und ich muss jetzt etwas über sie wissen und na ja«, sprudelte es aus ihr heraus.

Chloe blickte sie dabei mit gerunzelter Stirn an.

»Ja ... ja, das stimmt«, sagte sie langsam, »Liane und ich waren befreundet.«

»Waren?«

»Ja. Bis sie ... wieso willst du das wissen? Und woher kennst du Liane? Ich wusste gar nichts von einem Tagebuch.«

Christel konzentrierte sich. Sie musste Chloe mit Fakten überzeugen, ohne zu viel zu verraten.

»Kennen tu ich sie eigentlich nicht ... Aber es ist wirklich wichtig. Ich habe die Vermutung, Liane könnte etwas ... Unüberlegtes tun ... hab ich gehört. Und deswegen brauche ich unbedingt mehr Informationen über sie. Weißt du, wo sie sich aufhält?«

Chloe folgte ihren Worten mit nachdenklicher Miene. »Ich glaube, ich muss dich enttäuschen. Liane und ich haben keinen Kontakt mehr. Es stimmt, wir waren früher eng befreundet, aber dann sind wir irgendwie ... unsere eigenen Wege gegangen.«

»Gab es denn einen konkreten Grund dazu?«

»Und ob. Ich meine, sie hatte schon immer Probleme mit ihren Eltern. Weißt du, ihr Vater war nie für sie da, immer geschäftlich unterwegs. Und ihre Mutter arbeitet als Polizisten bei einer Wache, die etwas weiter weg liegt. Die hat auch ständig zu tun und wohl selbst psychische Probleme.«

Christel blendete die Hintergrundgeräusche der kreischenden Schüler um sich herum aus und versuchte, die Informationen abzugleichen. Liane hatte nie positiv über ihre Eltern gesprochen.

»Aber damals ging es noch. Bis sie Micah kennengelernt hat«, fuhr Chloe fort.

»Wer ist das?«

»Er ging auch auf unsere Schule. Aber er war nicht

so beliebt. Er hat ... krumme Geschäfte getrieben – wenn du verstehst, was ich meine. Auf jedem Fall habe ich diesem Typen nicht getraut, aber ich dachte, wir werden schon auskommen, solange Liane dabei ist.«

»Hat er etwas Schlimmes gemacht oder was ist dann passiert?«

»Nicht wirklich. Keine Ahnung. Also, wenn ich ehrlich bin, war er sogar ... ganz ok. Aber Liane hielt es wohl für unwichtig sich um ihre beste Freundin oder überhaupt um etwas zu kümmern. Ständig hieß es nur Micah hier, Micah da. Bis sie mich dann komplett im Stich gelassen hat.«

»Ist dieser Micah denn noch auf unserer Schule?«

Der Gedanke durchfuhr sie wie ein Geistesblitz. Was war, wenn Liane extra in das Tagebuch schrieb, um mit Micah zu kommunizieren, weil sie sich nicht treffen durften? War ihm vielleicht nichts zugestoßen? Andererseits hatte sie noch nie einen fremden Jungen an ihrem Spind gesehen.

Chloe seufzte schwer. »Nein, er ... ich habe gehört, dass er Suizid begangen hat.«

Die Wahrheit verdrängte alle Theorien und Vermutungen. Micah lebte nicht. Aber warum und wieso schrieb Liane an ihn? Sie schluckte ihre Befürchtungen hinunter und ignorierte die Gänsehaut, die sich auf ihren Armen ausbreitete.

»Wann war das?«

»Uff. Das muss so im letzten April gewesen sein.«

Christel nickte. Sollte sie Mitleid zeigen? Sie kannte diesen Micah nicht einmal und Positives von ihm hatte sie jetzt kaum gehört. Aber es musste doch irgendeinen Grund geben, warum Liane so an ihm hing.

Sie zog das Foto hervor und zeigte es Chloe. »Das ist sie, oder?«

»Ja, ja, das ist sie. Aber so sah sie nicht immer aus. Siehst du? Die Haare hat sie sich nach Micahs Tod pechschwarz gefärbt und so grottig abgeschnitten. Früher hatte sie total schöne, blonde Haare mit so einem rosa Stich.« Sie räusperte sich verlegen. »Ich war so neidisch und hab mich immer gefragt, wie sie das hinkriegt mit der Färbung ... und na ja, dann ist sie eben zur Außenseiterin geworden. Ich hab sie, falls ich sie überhaupt gesehen habe, bevor sie die Schule verlassen hat, nur allein gesehen. Sie war völlig isoliert von allen«

»Wollte ihr denn niemand beistehen?«

Chloe schüttelte den Kopf. »Kommt dir der Name Tristan bekannt vor? Alle ... also alle, die sie wirklich kennen, sagen, Liane ist schuld, dass er gestorben ist. Beide hatten denselben Schulweg und im letzten Frühjahr ist ein Unfall passiert. Liane hat ihn im Vorbeifahren geschubst und er ist ›aus Versehen‹ auf die Fahrbahn gefallen.«

Den Artikel hatte sie herausgekramt, als sie seinen Namen auf der Liste gesehen hatte. Christel erinnerte sich. Die ganze Schule hatte darüber geredet. Da sie sich nie an den Diskussionen beteiligte, hatte sie keine Ahnung gehabt, wer das Mädchen gewesen war. Sie könnte sich an die Stirn hauen. Wie hatte sie sich nicht an den Namen erinnert? Sie war erst stutzig geworden, als sie die Liste gesehen hatte.

Ein anderer Gedanke kam ihr. In dem Artikel, den sie dabei hatte, war die Rede von einer vermummten Gestalt.

»Seid ihr denn sicher, dass es Liane war? In den Nachrichten ...«

»Ich weiß, was sie in den Nachrichten sagen.« Chloe rollte mit den Augen. »Aber das ist alles quatsch.

Liane ... Liane war in den letzten Tagen, wo ich sie gesehen habe, wie besessen. Wie so ein Psycho. Keine Ahnung, frag mich nicht.« Sie legte eine Sprechpause ein, dann fuhr sie fort: »Glaub mir, du hast nicht gesehen, wie sie sich verändert hat. Ich meine, früher hätte ich das auch nicht von ihr gedacht, aber nach Micahs Tod ... «

»Warum sollte sie so etwas tun?« Christel ignorierte das nagende Gefühl in ihrem Bauch. Tristans Name war Teil der Liste.

»Tristan war ihr Ex. Ich glaube, das spricht schon für sich.«

Aber das ist doch kein Grund, jemanden umzubringen.

Christel sprach es nicht laut aus, sie wollte nicht genauso als Außenseiterin enden wie Liane – nicht diese Art Außenseiterin, denn in gewissem Maße war sie auch eine. Sie konnte sich nicht vorstellen, warum Liane ihren Exfreund absichtlich geschubst haben sollte.

Chloe sah ihr die Skepsis an. »Vielleicht wollte sie ihn nur erschrecken und es ist schief gelaufen. Das ist es jedenfalls, was ich mir einrede, wenn ich mich an unsere Freundschaft erinnere.«

Chloe holte ihr Handy aus ihrer Hosentasche und suchte eine Weile, dann hielt sie Christel ein Foto hin. Darauf zu sehen waren zwei lachende Mädchen. Links Chloe und rechts musste es Liane sein, wenn sie die Gesichtsform mit dem anderen Foto verglich. Das Lächeln verlieh ihr einen aufgeschlossenen und netten Eindruck.

»Sie kam mit Micah zusammen und hat sich die Haare geschnitten, die vorher noch länger waren und ja, dann sah sie aus wie auf diesem Foto.«

»Weißt du, wo sie hin ist?«

»Nein, wie gesagt. Nach der Sache mit Micah habe ich kein Wort mehr mit ihr geredet.«

Stille herrschte zwischen ihnen, während Christel die Informationen in ihrem Kopf zu sortieren versuchte.

»War das alles, was du wissen wolltest?«

Christel hätte sie gerne näher zu Micahs Tod befragt, aber Chloe sah sich zappelnd nach ihren Freunden um. Sie ließ es dabei sein und bedankte sich bei ihr.

Als Chloe sich zum Gehen wandte, rief Christel sie zurück.

»Noch eine Sache.«

Chloe versteifte sich ungeduldig. »Du hast mir immer noch nicht gesagt, für was du diese Informationen brauchst.«

»Denkst du, Liane hat auch was mit den Morden zu tun?«

Im Grunde war es eine unwichtige Frage, denn sie hatte definitiv etwas damit zu tun. Die Liste sprach für sich. Alles, was sie heute gehört hatte, sprach dafür. Doch sie wollte es von Lianes ehemaliger Freundin hören.

»Es würde mich nicht wundern«, antwortete Chloe mit düsterer Stimme, die keine weiteren Fragen zuließ. Sie wandte sich ab.

Christel hätte gerne ihre Meinung gehört, aber weiterhelfen würde sie ihr nicht. Chloe hatte keinen Kontakt mehr zu Liane.

Sie schritt die Treppen nach unten und verschwendete keinen Gedanken an ihre angehäuften Hausaufgaben oder ihr gemütliches Zimmer.

Zwei Fragen drängten alle anderen in den Hintergrund: Was war damals so schreckliches passiert, dass

Liane Hertz diesen Wandel durchlebt hatte? Warum hatte Micah seinem Leben ein Ende gesetzt?

10

»Hallo, kommt morgen alle zum Schulfest, ja?«

Christel schüttelte leicht den Kopf, als sie an einer Gruppe von Schülern vorbeilief. Den ganzen Tag sprachen alle von diesem Fest. Niemand verbrauchte einen Gedanken an die Umstände, in denen sie zur Schule gingen. Zwar mussten sie sich an die Maßnahmen halten, aber die bedrückte Atmosphäre, die vor einigen Tagen geherrscht hatte, zeigte sich nur spärlich. Die meisten redeten angeregt miteinander. Waren ein paar Schweigeminuten für die verstorbenen Schüler genug?

Christels Gedanken wirbelten in ihrem Kopf hin und her. Sie hatte Sienna versprochen, zur Cafeteria zu kommen, sobald sie das Tagebuch hatte. Sie musste sich beeilen, bevor ein Lehrer sie hier allein auf dem Gang sah.

Nachdem sie ihren quietschenden Spind geöffnet hatte und in das gewohnte Versteck griff, stießen ihre Finger gegen die Wand. Sie tastete alles ab, versuchte, einen Blick hineinzuwerfen, doch er war so leer wie der wolkenlose Himmel.

Das kann nicht sein! Ich habe es gestern hier reingelegt!

Ein Gedanke durchfuhr sie: Was, wenn sie mit der Zeit nachlässig gewesen war und Liane bemerkt hatte, dass sie das Tagebuch gefunden hatte? Aber sie hatte sich doch stets Mühe gegeben, damit genau das nicht passierte.

Sie sah sich um. Niemand war da. Einer der Vorteile des alten Tracks. Ihr Blick fiel auf das Fenster.

Nein! Was ist, wenn da am Montag kein Schüler der Unterstufe stand, sondern Liane?

Ihr Herz pochte im Staccato-Rhythmus und sie sah sich gestresst um. Was sollte sie jetzt machen? Sie hatte mehr über Liane erfahren und die letzten Seiten des Tagebuchs lieferten ihr das entscheidende Puzzleteil, das sie brauchte, um die Morde aufzuklären. Liane musste sich nachts in die Schule geschlichen haben, um das Tagebuch zu holen.

Ein Déjà-vu. Es war schon mal passiert. Beruhigt trat sie näher an den Spind und sprang. Ihre Hand fuhr nach oben. Ihre Füße kamen auf den Boden auf und sie stutzte. In ihrer Handfläche sammelte sich nur Staub. Sie trat zurück, nahm einen Schritt Anlauf und sprang erneut. Diesmal stützte sie sich für einen Moment mit beiden Händen oben ab und warf einen Blick über den Spind. Außer Turnbeuteln, ein paar Pfandflaschen und anderen nutzlosen Gegenständen wie Papierkugeln erkannte sie nichts.

Und wenn Liane das Tagebuch nur an einem anderen Ort versteckte? Aber wo? Bei ihr zu Hause lag es wohl kaum. Nach dem, was sie gelesen hatte, war klar, dass sie ein brüchiges Verhältnis zu ihrer Familie hatte. Mutierte das Buch zum Wegbegleiter und haftete an ihrer Seite oder wartete es in einem anderen Versteck? Im Spind und dem Tagebuch sah Liane den einzigen Berührungspunkt mit diesem Micah. Das war die einzige Erklärung, warum es immer in der Nähe gelegen hatte.

Seit Christel in Erfahrung gebracht hatte, dass er tot war, fand sich langsam der Sinn wieder. Sie erinnerte sich an den ersten Eintrag, indem Liane erwähnt hatte, dass Micah ihr das Tagebuch geschenkt hatte. Es passte alles zusammen. Dachte Liane in ihrer Trauer, dass ihr Freund ihre Worte erhören würde, wenn sie in das Buch schrieb?

Sie musste handeln, bevor jemand kam. Aber wo sollte sie mit der Suche anfangen? Mittlerweile war sie sich sicher, dass Liane diesen Spind gegenüber allen anderen Verstecken bevorzugte. Sie hatte sich einen Satz eines Eintrages des Tagebuchs gemerkt, indem Liane ihn tatsächlich erwähnt hatte.

›…zum Glück ist der Spind da, um unsere Kommunikation zu hüten.‹

Lange hatte sie gerätselt, was Liane damit meinte. Wissen tat sie es nicht, aber eines war klar. Das Tagebuch befand sich im Umkreis des Spindes, es gab keine andere Möglichkeit. Es durfte keine andere geben. Was sollte sie ohne Buch tun? Sie sah hinter sich. Der Flur war verlassen. Der Gong zur Pause war schon vor einigen Minuten ertönt, die Lehrer holten sich bestimmt Essen oder fuhren nach Hause. Nicht in ihrem Umkreis. Der Ausgang war eher in Richtung Cafeteria. Hier blickte man durch das Fenster und durch die Hecke auf den Schulhof.

Komm schon Christel, willst du für immer hinter deinem Schatten bleiben? Ihre innere Stimme verhöhnte sie. *Nein.*

Sie atmete tief durch, drehte sich ein letztes Mal um und schritt dann auf die Glastür zu. Hinter dieser leuchtete die Aufschrift einer Notfalltür. Dahinter erstreckte sich die berüchtigte Treppe, welche zum Dach führte. Weiter hinten verweilte ein alter Klassenraum, der renoviert wurde. Sie erkannte ihn an der typischen grauen Tür.

Sie drückte die Klinke runter und rechnete fest damit, dass die Lehrer die Tür abgeschlossen hatten.

Sie gab nach.

Was? Sie reden von Sicherheitsmaßnahmen, aber haben diese Tür nicht verschlossen?

Zügig schlüpfte sie in den Vorraum und presste sich an die Wand. Niemand war hinter der Glasscheibe, auf der sich Dreck angesammelt hatte, zu sehen. Vorsichtig sah sie sich um und probierte dann die Klinke, die zum Dach führte. Diese Tür war zu. *Natürlich.* Sie drehte sich zum Klassenraum um.

Die Klinke gab unter dem Druck nach. Drinnen schwebten Staubpartikel in der Luft, sichtbar durch die Sonnenstrahlen, welche den Raum erhellten. Bis auf die Tafel, einen Klassenschrank und einigen Tischen und Stühlen, wirkte er verwahrlost.

Wow, die Renovierung ist ja echt weit vorangeschritten, dachte sie.

War es hier nicht möglich, etwas zu verstecken? Ihr erster Weg führte sie zu dem Klassenschrank. Einige alte Papiere flogen ihr beim Öffnen entgegen. Doch keine Spur von dem Tagebuch. Sie sah sich die Tafel an. Ebenfalls nichts. Sie atmete die stickige Luft bewusst ein und ging zu den Fenstern. Ihre Schritte hallten dumpf in dem Raum. Sie sah sich das Fensterbrett an, dann was hinter den Fenstern lag. Sie erkannte den Parkplatz ... und den Zaun, der die Schule umgab. An einigen Stellen hatte er Dellen. Wie schwer war es, unbemerkt über ihn hinweg zu klettern?

Sie trat näher und blickte in alle Winkel der Fenster. Wenn sie hier jemand sah, war das ihr Ende.

Moment mal ..,

Alle Fenster waren zu. Bis auf eines. Der Knauf

befand sich nach rechts unten zeigend zwischen dem Winkel, der es einem ermöglichte, das Fenster zu öffnen und zu schließen. Probeweise zog sie daran. Es öffnete sich. Sie drückte es zu und drehte am Knauf. Zu flüssig ließ er sich drehen. Und egal, in welcher Position er verweilte, das Fenster blieb auf. Sie fragte sich, wer es kaputtgemacht hatte, und realisierte erst dann, was dies hieß.

Es war zwar angelehnt, aber die ganze Zeit offen! Und das bedeutete eines: Liane musste durch diesen Weg in die Schule gelangen, um das Tagebuch hier zu verstecken. Sie hatte das kaputte Fenster vor Christel bemerkt, vielleicht hatte sie es auch gewusst, weil sie Unterricht im Raum gehabt hatte vor der Renovierung, die in diesem Abschnitt nicht voranging.

Ein Strom des Triumphes floss durch ihren Körper. Sie lernte, die Steine im Flussbett zu umrunden.

Es gab nur einen Ort, wo das Tagebuch lag. Der Spind. Wenn Liane sie gestern gesehen hatte, dann bedeutete das, sie sorgte sich, dass Christel das Buch gefunden und darin gelesen hatte. Solange das Tagebuch nicht bei Liane war, musste es am Spind sein.

Sie hinterließ das Fenster, wie sie es vorgefunden hatte, dann verließ sie den Raum. Dabei fiel ihr auf, dass sie die Tür offengelassen hatte.

Na toll. Was ist, wenn mich jemand gesehen hat?

Niemand stand im Gang, als sie die Glastür hinter sich brachte und zu den Spinden schlich. Probeweise sah sie zum Fenster neben den Spinden. Keine verdächtige Bewegung war zu erkennen.

Sie versuchte, die Spinde zu öffnen, die kein Schloss besaßen. Ohne Erfolg suchte sie sie ab. Oben hatte es nicht gelegen. Den Platz neben stinkenden Turnbeuteln und einem angebissenen Apfel krönte man nicht zum sichersten.

Hinter dem Spind? Angewidert versuchte sie, etwas im Spalt zu erkennen. Dort musste ein ganzer Staubpalast sein, in dem eine Spinnenfamilie lebte. Wenn nicht, Hunderte Familien von Spinnen. Trotz dessen streckte sie ihre Finger nach einem dunklen Gegenstand aus. Entweder war dies ein alter Collegeblock oder …

Christel hätte am liebsten geschrien vor Glück. Das Tagebuch steckte hinter dem Spind, der unter ihrem lag!

Sie war sich sicher, dass der lange Eintrag, den sie zuvor gesichtet hatte, ihr endgültig Wissen über Lianes Leben verschaffen würde – und warum sie das tat, was sie tat. Sie blätterte in den Seiten und vernahm Stimmen.

Nein, bitte nicht jetzt!

Sie kam hinter den Spinden hervor, schloss ihren eigenen und sah zu einer Gruppe von Schülern. Ihr fiel ein Stein vom Herzen.

Doch niemals konnte sie diesen Eintrag lesen, wenn Leute sich um sie herum bewegten.

Sorry, Sienna. Ein stechendes Gefühl breitete sich in ihr aus, als sie daran dachte, ihre Freundin mal wieder sitzen zu lassen.

Doch sie brauchte einen abgeschiedenen Platz zum Lesen. Den Spind zwei Mal suchen zu müssen, erinnerte sie daran, dass die Zeit knapp wurde. Sie schritt aus dem Flur heraus und bog scharf nach rechts ab, um auf den Schulhof zu kommen. Sie würde sich auf eine der Bänke setzen.

Hamburg, den 13.04.2018

Oh mein liebster Micah,

Niemals werde ich diesen Tag vergessen. Aber ich will, dass du weißt, wie es für mich war. Dann wirst du wissen, warum ich tun werde, was getan werden muss, und hoffentlich verstehst du es. Auch, wenn es sonst niemand tun wird, der diese Geschichte nach meinem Gerechtigkeitsausgleich zu Gesicht bekommt.

Zuerst war es die Neugier, welche sie dazu verleitete, weiterzulesen. Nach einigen Augenblicken verwandelte sie sich in einen Sog, der sie immer tiefer in das Geschehen brachte, bis sie das Gefühl hatte, selbst in Lianes Körper zu stecken.

*

Die kühle Nachtluft wehte mir entgegen, als wir zusammen auf den Platz einbogen. Ich zitterte am ganzen Körper, dabei war es nicht so kalt. Ein panisches Gefühl sorgte dafür, dass ich kaum Luft bekam und mein Bauch schmerzte. Auslöser war der alte Weggefährte, die Angst, dass sie ihm wieder etwas antun würden. Ich war mir sicher, dass das hier eine Falle war. Solche Leute würden sich niemals entschuldigen. Dafür hatten sie das Messer schon zu oft in die Wunde gerammt. Das ständige Gelächter, die Blicke, ihre Beschimpfungen. Sie alle hatten keine Ahnung, wie das für ihn war. Und jetzt wollten sie ihm sagen, dass es ihnen leidtat? Dafür, dass sie ihn ohne Grund seit Jahren mobbten? Dafür, dass er wegen ihnen und ihren miesen Spielen keinen normalen Aushilfsjob mehr hatte, sondern Drogen vertickte, um seine Familie über Wasser zu halten?

Aber er hatte es nicht hören wollen. Keine von

meinen Sorgen. Wenn es so wäre, meinte er, müsse er sich ihnen stellen. Er hatte vor, sich zu wehren. Was sollten wir beide gegen so eine Gruppe ausrichten? Wir würden keine Chance haben, uns zu verteidigen.

Wir waren zu zweit. Meine Freunde hatten sich von mir abgewandt, weil ich hinter ihm stand. Als einzige. Ich malte mir aus, was sie über mich dachten.

Die Tochter einer Polizistin hängt mit einem Kriminellen ab.

Micah wirkte ruhig auf mich. Zumindest äußerlich. Innerlich musste er mindestens so aufgeregt sein wie ich. Wie sehr wünschte ich mir, er würde etwas sagen. Noch einmal seine tiefe, melancholische Stimme zu hören, die mir sagte, ich solle mir keine Sorgen machen. Mir noch einmal das Gefühl geben, in Sicherheit zu sein. Oder am besten ein Zeichen zum Verschwinden. Doch während ich sein Gesicht, die große Nase und die durchdringenden, sonst so warmherzigen, grauen Augen betrachtete, wurde mir klar, dass er es ernst meinte. Sein Kopf war nach vorn gerichtet, die blonden, leicht lockigen Haare wehten im Wind. Er hatte seinen 3-Tage-Bart nicht rasiert. Das tat er nur, wenn er keine Zeit – oder keine Lust – hatte, auf sein Äußeres zu achten. Mein Magen zog sich zusammen.

Ich sah die Gruppe. Sie alle standen in einem Halbkreis. Lachten. Fühlten sich stark.

Im Gegensatz zu uns. Ich fühlte mich miserabel und Micah ging es nicht anders, obwohl er es nicht zeigte.

Wenn ich in die Vergangenheit reisen könnte, hätte ich um jeden Preis verhindert, dass wir die Gruppe erreichen. Ich hätte ihn angefleht, es nicht zu tun. Er musste hier nichts beweisen. Doch was würde das bringen? Vielleicht …

Nein, sie waren schuld dran. Sie hatten es ausgelöst.

Wären sie nicht gewesen, dann wäre das alles nicht passiert.

Mein Herz rutschte mir in die Hose, als ich ihre Gesichter erkannte. Nervös strich ich mir eine Haarsträhne aus dem Sichtfeld, nur um dann daran erinnert zu werden, dass meine übliche Länge nicht mehr vorhanden war.

»Hattest du Schiss allein zu kommen, oder was? Muss deine kleine Freundin dich jetzt beschützen?«

Es war Tristan. Dort stand er, in seiner dämlichen, schwarzen Lederjacke und den nach oben gegelten, dunkelbraunen Haaren. Gegen ihn verspürte ich die größte Wut. Das musste auf Gegenseitigkeit beruhen. Als ich mich von ihm getrennt hatte, weil ich es nicht mehr ertragen hatte mit einem Mobber befreundet zu sein, war ich zu Micah gegangen und hatte ihn gefragt, wie es ihm ging. In Micah fand ich mich selbst wieder. Schon vorher, als Tristan ihm blöde Sprüche vor den Kopf warf, hatte seine ruhige Art meine Aufmerksamkeit erregt. Er war ehrlich zu mir. Um genau zu sein, der ehrlichste Mensch, der mir je begegnete. Und so hatte alles angefangen. Er hatte mir gezeigt, wie es war, ein Außenseiter zu sein. Wir beide waren Außenseiter, aber wir hatten uns.

Provozierend grinste Tristan uns an. Als sein kalter Blick über mich schweifte, verschwand das Grinsen. Ich drehte Kopf von ihm weg und versuchte zu erkennen, wen wir hier vor uns hatten. Nicole, sie war neben Tristan und Marc, Tristans bester Freund und »Handlanger«, eine, der Haupt-Mobber. Mit ihrem Piercing in der Nase und den Kreolen-Ohrringen musterte sie mich abschätzig von oben bis unten. Joanne und Jonathan standen ebenfalls dort. Sie waren zwar nicht so schlimm wie die anderen, aber unternahmen auch nichts. Es war der perfekte Kreis an Mobbern. Die einen mobbten und der Rest ergötzte sich daran wie die Zuschauer eines Amphitheaters.

Und wir standen genau vor ihnen.

»Wenn ihr auch nur halb so mutig wärt, wie ihr tut, dann müsstet ihr euch nicht an Leuten vergehen, die euch nichts getan haben«, sagte Micah nüchtern.

»Deine alleinige Anwesenheit reicht schon aus. Wer will denn etwas mit dir zu tun haben? Außer vielleicht deine Dealer-Freunde?«, fuhr Tristan zurück.

Micah sah ihn stumm an. Purer Hass funkelte zwischen ihnen in der Luft. Tristan und Micah hatten sich noch nie leiden können. Seit der sechsten Klasse, als Micah auf unsere Schule gewechselt hatte, war es so. Vor allem ... seit ich mit ihm zusammen war. Damals verbrachte er seine freie Zeit damit, still am Rand zu sitzen. Seitdem ich an seiner Seite war, hatte er sich verändert. Er sah nicht mehr auf den Boden, wenn ihm jemand einen krummen Spruch zuwarf. Jetzt sah er den Leuten ins Gesicht.

Ich zwang mich dazu, meinen Körper wieder unter Kontrolle zu bringen, und versuchte das Zittern in der Stimme zu verbergen. »Ich stehe auf seiner Seite, weil ..., weil Micah mehr Herz hat als ihr alle zusammen! Ihr belügt und bespuckt ihn, aber keiner weiß, was er durchgemacht hat! Ihr guckt auf uns herab, als wären wir irgendein Dreck, der in die Kanalisation gehört, aber im Gegensatz zu euch, wollen wir nur ...« An dieser Stelle stockte ich. »Wir wollen nur in Ruhe gelassen werden.« Keine Worte der Welt reichten, um das zu beschreiben, was wir anstrebten.

Damit hatte ich den Groschen fallen gelassen. Tristan blickte mich an. Ich erkannte kein Bedauern mehr in seinen kalten, dunkelbraunen Augen.

»Was in dich gefahren ist, weiß auch niemand. Du Verräterin hast mich im Stich gelassen und bist zu diesem Idioten gerannt. Ich hätte es wissen müssen, so wie du ihn angesehen hast. Mit dir hat noch nie etwas gestimmt, Liane! Das war alles fake!« Der Vorwurf in seiner Stimme war nicht zu überhören.

Wut stieg in mir hoch. Ich sah Tristan direkt ins Gesicht. »Wenn dein Ego so ein großes Problem damit hat, dass ich dich verlassen habe, dann lass wenigstens Micah in Ruhe. Er hat dir nie etwas getan!«

Tristan antwortete nicht. Sein Blick verriet, dass er der Überzeugung war, Micah hätte ihm sehr wohl etwas getan. Die Stille breitete sich aus wie ein Tropfen Blut im Wasser.

»Hach, die Kleine wird uns eh nicht im Wegstehen«, kam der erste Einwurf von Marc.

»Genau, ihr beide solltet lieber abhauen, bevor ihr anfangt zu heulen«, pflichtete Nicole ihm bei.

»Nana, Nicole. Du willst doch unsere Gäste nicht verscheuchen«, spottete Tristan, der sich wohl wieder beruhigt hatte.

Nur Joanne und Jonathan schwiegen. Genau, ihnen bereitete es bestimmt Spaß, zuzusehen, wie wir gedemütigt wurden.

»Was wollt ihr von mir?« Micahs Stimme klang nicht so fest wie vorher. Er hatte kapiert, dass das Treffen nicht umsonst war.

Ich hatte ihm gleich gesagt, dass es sinnlos war, herzukommen. Es war mehr als unwahrscheinlich, dass die Clique einen plötzlichen Sinneswandel durchleben würde und sich bei uns entschuldigen würde. Nein, das würde niemals passieren. Micah war zu naiv gewesen, als er dachte, er könne es mit ihnen aufnehmen.

»Oh, hier gehts wohl nicht so schnell zur Sache wie üblich?«, stachelte Tristan, »Was war eigentlich letztens im Unterricht, als du zu spät gekommen bist?«

»Ja, stimmt. 'Sahst ziemlich verweint aus«, mischte sich Marc ein.

»Wahrscheinlich traurig, weil er keine Freunde mehr hat. Will niemand mehr bei eurem Spiel mitmachen?«, stachelte Nicole.

Marc lachte. »Ich denke, das Spiel ist vorbei.«

»Pscht, Nicole, das geht zu weit«, sagte Tristan, »du willst doch nicht, dass er gleich wieder anfängt zu heulen!«

»Micah, nein!«, schrie ich und hielt ihn am Arm zurück, als dieser wütend nach vorn brauste.

»Oh, sogar seine Freundin muss ihn beschützen!«, lachte Tristan mit einem bitteren Unterton in der Stimme.

»Halt die Klappe!«, fauchte ich ihn an.

»Was hast du gesagt?«, fragte dieser drohend.

»Halt die Klappe und lass uns in Ruhe!«, schrie ich erneut.

»Niemand befiehlt mir, was ich zu tun habe.«

Tristan machte einen Schritt auf mich zu und ehe ich verstand, was geschah, stürzte Micah vor und schubste ihn zurück. »Fass sie nicht an!«

»Ey!« Marc stürmte vor und schlug Micah seine Faust ins Gesicht.

Dieser taumelte zurück. Ich sah das Blut aus seiner Nase kommen und registrierte, dass eine Grenze überschritten wurde.

»Micah, komm, wir gehen«, versuchte ich es.

Doch er drängte mich zurück, und hielt sich die Hand vor die blutige Nase.

»Hör zu, Liane. Halte dich da raus und geh nach Hause. Ich will nicht, dass dir etwas passiert. Aber ich möchte mich diesmal wehren und das bedeutet, dass du verschwinden musst.«

Seine Augen verrieten Schmerz und in seiner Stimme lag eine unausgesprochene Bitte. Es zerriss mir das Herz. Ich konnte ihn nicht allein lassen!

Ich schüttelte den Kopf, doch er hatte sich abgewandt und wollte Tristan entgegenkommen, aber bevor er dort ankam, rempelte Marc ihn an. Wütend holte er aus und schlug ihm ins Gesicht.

»Ey, was soll das?«, kreischte Nicole auf einmal mit ihrer hohen Stimme, die in den Ohren weh tat und sah ihn wütend an.

War es verboten, sich zu wehren?

Ich stand starr wie eine Statue. Unfähig etwas zu tun. Meine Beine gehorchten mir nicht. Alles spielte sich wie in Zeitlupe ab.

Micah holte erneut aus und seine Faust zischte knapp an Tristans Gesicht vorbei. Dieser schubste ihn von sich, zu Marc, der ihn so heftig packte und auf den Boden schleuderte, dass Micah keine Chance hatte, ihn abzuwehren.

»AUFHÖREN!« Hysterisch versuchte ich, Tristan von Micah wegzuzerren, doch er wand sich aus meinem Griff und schubste mich bei Seite. Benommen stolperte ich und vermied im letzten Moment eine Konfrontation mit dem Boden. Als ich mein Gleichgewicht wiedergefunden hatte, sah ich etwas, das ich nie wieder aus dem Kopf bekommen würde: Micah lag am Boden: Die Arme schützend vor dem Gesicht, wurde er von allen Seiten von Tristan, Marc und Nicole getreten. Entsetzt schrie ich sie an. Ich wusste nicht einmal was, aber ich betete und flehte, sie mögen aufhören. Doch das taten sie nicht. Sie hörten nicht auf, auch nicht, als ich versuchte, sie von ihm wegzuzerren. Die Tritte trafen ihn am Kopf, am Hals, am Rücken, überall. Wenn er versuchte sich aufzurichten, trafen sie ihn ins Gesicht und stießen ihn zurück bis er sich am Boden krümmte.

Panisch blickte ich mich nach allen Seiten um. Niemand war da. Wieso ausgerechnet jetzt? Normalerweise war diese Brücke doch oft besucht! Ich sah nur wenige Leute in einiger Entfernung stehen. Ich winkte panisch und sie wandten sich ab. Ich suchte mein Handy in den Taschen, aber griff nur ins Leere.

Das konnte nicht wahr sein. Es war, als wandelte ich in einem Traum. Ich konnte nichts machen.

Micah war mittlerweile ein regloses Bündel auf dem Boden, während die anderen weiter auf ihn eintraten.

Alles drehte sich. Der Himmel. Meine Gedanken, die ganze Welt. Ich wollte schreien, doch es kam kein Ton heraus. Nichts konnte die hämischen Stimmen aus meinem Kopf befördern. Ich hörte nur vage Jonathan. »Lasst ihn …«

Es hätte ›Lasst ihn in Ruhe‹ sein können, doch genauso auch ›Lasst ihn verbluten‹.

Schwindel überkam mich, als meine Gedanken kreisten und mein Herz sich anfühlte, als explodierte es in meinem Inneren.

Dann musste ich geschrien haben. Denn ich weiß, wie ich verschwommen durch meine nassen Augen gesehen hatte, dass sie aufhörten und sich die Ohren zu hielten.

Ich sah in die dunklen Augen von Tristan und brachte nur einen Satz über mich. Meine Stimme drohte, zu schwinden, doch es herrschte eine stoische Ruhe.

»Du bist ein Monster.«

Meine Worte kamen klar und deutlich bei der Person an. Die Person, der ich nichts anderes mehr zu sagen hatte.

Ich hörte ein leises Husten im Hintergrund und plötzlich erfasste mich eine unbändigende Wut.

»Du bist erbärmlich!«

»Mehr hast du nicht zu sagen? Liane, ich bin echt enttäuscht von dir. Ich hätte dir alles geben können. Alles, wonach du verlangst. Stattdessen hängst du lieber mit diesem Kriminellen rum. Was hat er, was ich nicht habe?« Tristan sah mir tief in die Augen. »Was würde deine Mutter sagen? Die Einzige, die hier erbärmlich ist, bist du, Liane.«

Es waren die Worte, die ich niemals mehr vergessen würde. Worte, an die ich später an seinem Tod denken werde. Die Worte ... und die Augen. Dunkel und kalt.

Während ich regungslos dastand, mit geröteten, weit aufgerissenen Augen, warf Tristan einen Blick auf den reglosen Micah am Boden hinter sich.

»Der wird uns so schnell keine Probleme mehr machen. Lasst uns verschwinden.«

Tristan warf einen letzten hasserfüllten Blick auf Micah und gab seiner Clique dann das Zeichen zum Abgang.

Langsam traten sie zurück und verschwanden einer nach dem anderen in den Schatten. Joanne warf mir einen panischen Blick zu als sie weggezogen wurde, dann waren sie weg. Ich stand allein neben Micah. Keine weitere Menschenseele. Die Sonne war hinter der Brücke untergegangen. Die Dunkelheit umgab alles, auch mein Herz, als die Hilflosigkeit meinen Körper füllte.

»Micah? Ist ... ist alles in Ordnung?«

Doch es war nichts in Ordnung. Das sah ich beim Näherkommen. Blutüberströmt und zusammengekrümmt lag er auf dem Boden. Ich stieß einen heiseren Schrei aus und kniete mich neben ihn.

»Micah, bitte. Antworte mir. Ich ... ich, ich wusste nicht, was ich tun sollte, ich ...«

»Es ist nicht deine Schuld«, murmelte er unverständlich und öffnete mühsam eines, seiner geschwollenen Augen.

»Oh nein. Ich muss einen Krankenwagen rufen, halt durch.«

Endlich kam die Vernunft bei mir durch. Ich tastete wieder panisch nach meinem Handy.

Micah unterbrach mich. »Nein«, krächzte er.

»Du brauchst einen Arzt!«

»Pscht. Ich ...« Er hustete. Ein Rinnsal Blut lief aus seinem Mund.

»Micah!«, schrie ich.

»Nein, hör mir zu. Liane, ich kann nicht mehr. Ich will das nicht mehr. Was ich will ist, dass ...«

Ein erneutes Husten unterbrach ihn.

»Ich möchte, dass du dir keine Sorgen mehr machst. Ich will, dass du in Sicherheit bist. Ohne mich bist du besser dran. Du wirst es schaffen, daraus zu kommen, das weiß ich. Aber ich ... ich kann das nicht mehr. Meine Familie wird ohne mich auch besser dran sein. Niemand braucht mich.«

»Was redest du? Ich brauche dich!«, meine Stimme schallte schrill über den Platz.

Doch ehe ich weiter diskutieren konnte, rappelte er

sich blitzschnell auf. Es kostete ihn seine ganze Kraft, verkrümmt und schwankend dazustehen.

»Micah, was machst du da? Du bist verletzt!«

Er kippte beinahe wieder um. Doch ich stützte ihn.

Komm schon Liane, denk dir was aus. Er ist nicht klar bei Sinnen, dachte ich.

Wo war nur mein verflixtes Handy, wenn ich es brauchte?

Derweil löste sich Micahs Griff und er taumelte vorwärts.

»Micah, wo willst du hin?«

Endlich hatte ich mein Handy gefasst und zog es raus. Nebenbei folgte ich Micah.

»Micah, bleib stehen.«

Bitte, mach jetzt nichts Dummes, dachte ich, während ich die drei Zahlen in mein Handy eingab und darauf wartete, bis jemand abnahm.

»Micah, wohin willst du?«

Piep.

Komm schon!

»Notrufzentrale Hamburg ...«

»Hallo, hier spricht Liane Hertz. Ich bin bei der Brücke ... scheiße, wie heißt der Platz? Die Brücke neben der alten Fabrik über der großen Kreuzung! Ich, mein, mein Freund, er ist schwer verletzt, er ...«

»Bitte bewahren Sie Ruhe. Was ist passiert? Sind Sie verletzt?«

»MICAH! Was hast du vor?«, schrie ich und ließ im selben Moment mein Handy fallen.

Micah der sich vorher an der Brüstung der Brücke abgestützt hatte, hatte es irgendwie geschafft, auf die andere Seite zu kommen. Schwankend hielt er sich mit einer Hand fest.

»Hör auf mit dem Wahnsinn! Komm zurück!«

Zuerst brabbelte er etwas Unverständliches, dann verstand ich: »Nein, Liane. Ich kann nicht mehr. Hör zu: Ich möchte, dass du mich vergisst. Ich bin schuld an alldem. Ich habe den Fluch auf dich übertragen. Aber ich weiß, du wirst es schaffen, Liane. Ich liebe dich. Bitte vergiss das nicht.«

Ich packte seine Hand, er schüttelte mich ab.

»Micah nein! Was für ... vergessen? Micah bleib da stehen, gleich kommt Hilfe! Bitte, ich brauche dich! Ich habe sonst niemand anderen! Bitte lass dich nicht von diesen Monstern unterkriegen! Bitte!«, unter Tränen flehte ich ihn an und versuchte, ihn zu packen, doch es war zu spät.

»Lebewohl, Liane.«

Während ich mich über die Brüstung beugte, entglitt er schon meinen Fingern und fiel hinab in die unendliche Tiefe.

»NEIN! Micah!«

Die Welt um mich herum flimmerte. Vor meinen Augen zog das Bild von Tristans Clique vorbei, wie sie immer wieder auf den wehrlosen Micah einschlugen.

»Dafür werden sie büßen!«, schaffte ich es, zu schreien, dann hörte ich, wie er ins Wasser fiel. Es war vorbei. Sie hatten ihn schlimm verletzt. Ihm fehlte, die Kraft, sich über Wasser zu halten, wenn er sich den Kopf nicht schon an einem Felsen aufgeschlagen hatte. Mit verschwommenen Blick sah ich in das dunkle, wild strömende Wasser, konnte ihn aber nicht ausmachen. Vielleicht rannte ich auch nach unten zum Fluss.

Das letzte, woran ich mich erinnerte, war, wie ich stumm zusammensank, weil kein Schrei über meine Lippen kam. In der Ferne erklangen Sirenen, doch alles drehte sich wieder. Wie konnte das passieren.

Wie konnte Micah mich im Stich lassen? Nein, es war nicht Micah. Tristan hatte es so weit getrieben. Micah wollte den Fluch von mir nehmen.

Jetzt war es zu spät. Tristans brutales Gesicht war schon lange weg. Und Micah war schon lange zerbrochen.

WIESO?

11

Die Katastrophe bahnte sich ihren Weg durch Christels Leben. Sie hatte sich nicht gezeigt, als sie sich vor dem ersten Schultag vorbereitet hatte. Nein. Sie hatte den Spind bekommen und damit hatte sich die Last auf ihren bisher unbelasteten Schultern niedergelassen.

Soll ich mich an jemand anders wenden? Aber ... bis ich eine Person gefunden habe, die mir zuhört und das ernst nimmt, könnte es schon zu spät sein.

Sie nahm sich vor, direkt nach der Schule mit ihrem Vater zu reden. Was sie herausgefunden hatte, war verheerend und der Ausgang des Desasters lag hinter schleierhaften Wolken verborgen. Ein nagendes Gefühl durchbohrte sie, wenn sie sich die Liste im Tagebuch in Erinnerung rief.

19.04.2018

Lieber Micah,

Ich habe wirklich alles versucht, aber die Polizei tut einfach nichts gegen sie! Sofort nachdem sie totale Lügen über dich verbreitet haben, wegen dieser Sachen mit den ... das spielt doch keine Rolle! Sie sind der Grund, warum du jetzt woanders bist. Sie haben alles ruiniert! Und niemand will mir glauben. Ich weiß nicht mehr, was ich machen soll. Irgendwie müssen sie zur Rechenschaft gezogen werden. Ich weiß, dass ich diejenige bin, die dich rächen muss. Ich bin mir sicher, dass es diesen Fluch nie gegeben hat. Wegen ihnen hast du daran geglaubt, aber SIE sind das Problem!

Ich werde dich nicht enttäuschen.

Deine Liane

UV-Stift hin oder her, wie hatte Christel das übersehen? Sie schüttelte den Kopf und fokussierte sich auf das Wesentliche. Der Eintrag gab ihr Gewissheit. Ihr Bauchgefühl wanderte tiefer in den Keller. Etwas mehr als einen Monat nach diesem Eintrag wurde Tristan, Lianes Ex-Freund ermordet.

Liane war kurz zuvor hier her gekommen. Das hieß, sie hatte wieder in das Tagebuch geschrieben.

Christels Exkursion in Lianes Leben hatte sie vergessen lassen, dass Tagebuch auf neue Einträge zu überprüfen. Sie entdeckte einen, dessen Schrift sie schwer entzifferte. Zudem etwas Altbekanntes, was ihr Gänsehaut bereitete.

Rache
Rache
Rache
Rache
Rache

Nicht nur das dritte ›Rache‹, welches sie bereits entdeckt hatte, nein. Es standen zwei weitere darunter, mit Bleistift vorgeschrieben, kaum sichtbar. Es war von höchster Priorität, herauszufinden, wann Liane zuschlagen würde. Sie durfte nicht mehr Schüler sterben lassen.

Das würde ich mir nie verzeihen. Ich muss zur Polizei.

Liane hatte das Tagebuch beinahe vollgeschrieben. Sie blätterte einige Seiten zurück und las die ersten Zeilen des neuen Eintrags.

19.09.2018

Lieber Micah,

ich habe keine Zeit mehr, sie sind hinter mir her. Ich werde es ...

»Christel! ... Ach, ich hätte es wissen müssen. Natürlich bist du wieder hier.« Sienna lief auf sie zu. »Du wolltest in der Mittagspause zu mir kommen und die letzten beiden Stunden Unterricht hatten wir nicht zusammen. Sag doch wenigstens Bescheid.«

»Oh, das tut mir echt leid, ich ... ich hab grad etwas Wichtiges erfahren und jetzt-«

»Ach egal, spar dir das! Ich versteh schon, das bescheuerte Buch ist sowieso wichtiger als ich!«

Mit diesen Worten stampfte Sienna davon. Christel öffnete den Mund, doch etwas hinderte sie daran, ihrer Freundin hinterherzurufen. Hatte sie nicht genug eigene Probleme?

Ich kläre das ein anderes Mal.

Als sie sich abwandte, zerriss es sie innerlich, aber sie musste Prioritäten setzen.

... dort beenden, wo es angefangen hat. Ich muss den Plan zu Ende bringen und ich weiß auch, wann ich das tun werde. Du weißt, ich mochte früher Partys, jetzt zwar nicht mehr, aber ich werde sie trotzdem zu meinem Vorteil nutzen. Sie alle berichten lautstark von ihren Plänen. Niemand bemerkt mich. Ich bin der Schatten. Der Schatten, der Tristan in den Tod geschubst hat.

Bald sehen wir uns.

Deine Liane

Ihr Herz schlug plötzlich doppelt so schnell. Die Zeit wurde knapp, auch für sie. Liane würde am nächsten Tag beim Schulfest zuschlagen.

Des Weiteren brachte sie das »Bald sehen wir uns« ins Stolpern. Was meinte sie damit?

Christel schüttelte den Kopf, sie konnte sich aus den Worten keinen Reim bilden. Stattdessen blätterte sie zurück auf eine andere Seite.

~~*Tristan*~~
~~*Nicole*~~
~~*Marc*~~
Joanne
Jonathan

Ich muss Joanne warnen! Und diesen Jonathan!

Sie war sich sicher, dass alle beide am nächsten Tag zum Opfer werden sollten. Und das bedeutete, sie würde zum Schulfest gehen müssen. Nie im Leben wäre sie zu so einer Veranstaltung gegangen, doch ihr blieb keine Wahl.

Am besten, ich warne Joanne sofort! Aber wo und wer ist sie überhaupt?

Sie befand sich in der Pause nach der achten Stunde Unterricht. Die Chance, Joanne ausfindig zu machen war gering.

Sie legte das Tagebuch zurück in den Spind und sah sich gedankenverloren um, bis ihr Blick eine Person streifte. Es war ihre Deutschlehrerin, Frau Hartlaub. Die euphorische Frau, welche oft durch die Gänge schlenderte. Sie war der schnellste Weg zu Joanne.

Ohne die Konsequenzen zu beachten, die ihr drohten, weil sie sich allein um diese Zeit im Schulgebäude aufhielt, stürmte sie nahezu zu ihr. Ihre Neugier unterdrückte die sonstige Scheu, Leute aus dem Nichts anzusprechen.

»Frau Hartlaub! Gut, dass ich Sie treffe, ich habe eine wichtige Frage ...«

»Christel! Was machts du denn hier, allein?«

Ohne auf ihre Frage einzugehen, sprach Christel weiter: »Sie unterrichten doch auch den zwölften Jahrgang, oder? Kennen Sie eine Joanne?«

Frau Hartlaub setzte sich ihre Brille zurecht, Christels Verwirrung spiegelte sich auf dem sonst freundlichen Gesicht wider. Sie runzelte die Stirn und schob eine Haarsträhne zurück, die sich aus ihrem strengen Knoten gelöst hatte.

»Eine Joanne ... ja, allerdings. Ich habe eine Joanne in meinem Kurs. Wieso denn, wenn ich fragen darf?«

Christel schluckte.

»Äh, also ich wollte unbedingt mit ihr reden, weil eine Freundin meinte, dass sie ... Nachhilfe gibt.«

Die nachfolgende Stille hätte genau so gut Scham sein können wie ihre Hoffnung, dass ihre Notlüge nicht aufflog.

»Oh, ich hätte nicht gedacht, dass du Nachhilfe brauchst, Christel.«

»Bis jetzt nicht. Aber meine Noten in Englisch haben sich verschlechtert, deswegen wollte ich mal mit ihr reden. Wissen Sie, wo sie ist?«

»Hm. Ich denke, du hast Glück. Die meisten, der diesjährigen Abiturienten haben donnerstags zehn Stunden.« Sie warf einen Blick hinüber zum Vertretungsplan. »Wenn sie jetzt Pause hat, dann ist sie oben im Oberstufentrakt oder in der Cafeteria. Vielleicht schaust du dort mal nach, wenn es dir jetzt so wichtig ist.«

Christel hörte bei den letzten Worten nicht mehr zu, denn ihr fiel plötzlich ein, dass sie keinen Schimmer hatte wie Joanne aussah.

Ihr Gegenüber bemerkte, dass sie zögerte: »Wenn du sie triffst, wird sie sicherlich Zeit haben. Sie scheint mir nett zu sein, auch, wenn sie etwas still ist. Du erkennst sie bestimmt leicht. Sie hat lange, braune Haare mit Pony und trägt meist körperbetonte Sachen. Ein hübsches Mädchen. Na ja, du wirst sie ...«

»Vielen Dank! Ich muss dann los.«

Christel huschte an ihrer Lehrerin vorbei zur Cafeteria. Diese war bis auf ein paar Schüler leer.

Dann muss ich wohl nach oben.

Atemlos erreichte sie die letzte Stufe nach einem kleinen Sprint vorbei an einer Gruppe von Mädchen, die auf den Stufen saßen. Bald würde die Pause enden. Ihr blieben vielleicht noch drei Minuten. Sie sah sich um. Schüler standen rum und unterhielten sich. Kennen tat sie diese höchstens vom Sehen, da sie älter waren als sie. Niemand traf auf die beschriebene Joanne zu. *Was, wenn sie nicht draußen ist, sondern im Kursraum?*

Sie beschloss in einige der Flure reinzugucken. Sie würde es nicht schaffen, alle abzulaufen. Im ersten Flur standen zwei Mädchen. Sie warf einen zweiten Blick auf sie. Eines hatte braune Haare ... ohne Pony. Sie eilte weiter zum nächsten Flur, ein paar Schüler, die bereits zum Unterricht trotteten, kamen ihr entgegen. Christel fand keinen Gefallen mehr daran, dass der neue Trakt modern und großläufig ausgebaut war.

Was ist, wenn ich zu spät bin? Wenn Liane es sich anders überlegt hat?

Nein, an so etwas durfte sie nicht denken. Sie musste weiter suchen. Der zweite Flur war leer. Sie beschleunigte ihre Schritte und erreichte den Dritten. Christel hatte eine Runde um das Treppenhaus gedreht. Der Boden des dritten Flurs zog sich mehr in die Länge, hier waren die Räume für die Naturwissenschaften.

Mist. Der hat noch zwei Nebengänge. Ich muss tiefer rein.

Hier waren mehr Jungen vertreten. Einige lachten, andere trieben dabei irgendeinen Unsinn. Die aufgeheizte Stimmung fand sich in der Luft wieder. Vor allem die ältesten Schüler freuten sich auf die Jubiläumsparty.

Unfassbar, wie kann das überhaupt stattfinden? Die Direktorin muss einen an der Klatsche haben.

In Gedanken schüttelte sie den Kopf. Einige Jungen drehten sich zu ihr. Oh ja, wie musste das hier aussehen? Ein Mädchen mit Haaren so orange wie die Blätter im Herbst, zwei Jahre jünger, spazierte hier auf und ab, obwohl sie nicht einmal Unterricht hatte. Sie ermahnte sich, nicht darauf zu achten, wie die anderen sie ansahen. Zu lange hatte sie bei Gesprächen und Unfairness untätig im Hintergrund herumgestanden. Nun hatte sie eine Mission. Und diese war im Moment das Einzige, was zählte. Sie blendete alles um sich herum aus.

Nicht mal die Spur von einem Mädchen. Sie kehrte um, den Blick geradeaus gerichtet.

»Hey, was machst du'n hier?«, rief ihr einer der Jungen aus dem Augenwinkel zu, doch sie drehte ihren Kopf nicht weiter, um ihn anzusehen, und verließ den Flur.

»Haha, voll die Komische, Jona, lass die besser.«

Was ging ihn das an? Einen Augenblick später wollte sie sich ohrfeigen. Sie hätte Fragen können, ob sie eine Ahnung hatten, wo Joanne war. *Jetzt ist es zu spät, um sich umzudrehen.*

Niedergeschlagen trabte sie die Treppen herunter, da stieß sie fast mit einem Mädchen zusammen.

»Hey, pass doch auf!«

Sie erschrak, aber als sie ihren Blick hob, blickte sie in bräunlich-gelbe Augen, die bernsteinfarben schimmerten. Sie blinzelte und musterte die Schülerin. Das Mädchen traf auf die Beschreibung von Frau Hartlaub zu. Hatte sie sie nicht schon mal gesehen?

Das weinrote Oberteil und die enge Jeans kamen ihr bekannt vor. Sie war eines der Mädchen, die auf den Treppen gesessen hatten!

»Ich ... es tut mir leid! Bist du Joanne?«

Ihre eigene Stimme hörte sich seltsam in ihren Ohren an. Joannes Antwort schnappte sie kaum auf, der Schulgong übertönte sie.

»... nicht, was dich das angeht.«

»Also bist du es?«

»Ja, was willst du denn? Wer bist du überhaupt?«

Kaugummikauend musterte Joanne sie skeptisch.

»Ich heiße Christel. Ich weiß, das klingt jetzt total banal, aber du musst mir zuhören!«

Joanne warf einen Blick auf ihre Freundinnen, die bereits abgerauscht waren. »Ich hab' jetzt aber Unterricht, falls du es nicht mitbekommen hast ....«

Lianes Beschreibung nach hatte sie Joanne nicht so zäh eingeschätzt.

»Bitte! Es könnte um dein Leben gehen.«

Joanne zog die Augenbrauen leicht hoch.

Sie hatte sie. Doch wo sollte sie anfangen?

»Ich ... ich habe das Tagebuch von Liane Hertz gefunden«, sie sah, wie sich Joannes Augen bei dem Namen leicht weiteten, »sie ... sie hat da einige kranke Sachen reingeschrieben. Und, die Morde an den Schülern ... Tristan, Nicole, Marc, die waren nicht zufällig! Ich denke, Liane war das, weil sie Micah rächen will und du und Jonathan stehen auch in dem Buch! Ich wollte euch warnen!«, sprudelte es aus ihr heraus.

»Wow, fahr' mal nen' Gang runter, ok? Was auch immer du da erzählst, ergibt keinen Sinn. Wenn wir von derselben Liane sprechen, dann kann das gar nicht sein. Die ist nicht mehr auf unserer Schule. Vor allem, wie soll sie was mit diesen Morden zu tun haben von … meiner … damalige Clique? Was redest du da?« Die Verwirrung stand Joanne ins Gesicht geschrieben.

»Bitte, glaub mir! Ich bin mir sicher!«

»Äh, hast du dieses Mädchen überhaupt mal gesehen? Niemals, du musst fantasieren.«

»Wie erklärst du das dir dann? Die Morde, ihr … ihr alle steht auf Lianes Racheliste in ihrem verdammten Tagebuch.« Die Worte blieben ihr beinahe im Hals stecken. Für Joanne wirkte das alles irreal. Christel konnte es ihr nicht übel nehmen. Sollte sie ihr die Liste zeigen?

»Das … das hat sie bestimmt nicht ernst gemeint. So … so etwas macht man doch nicht.«

»Ihr seid in Gefahr, du und Jonathan, ihr seid ihre nächsten Ziele. Und ich weiß, dass sie morgen auf der Schulparty zuschlagen wird. Ihr beide dürft da auf keinen Fall hingehen, bis ich das einem Erwachsenen oder der Polizei erzählt habe. Du musst Jonathan auch warnen!«

»Jonathan hat grad Physik. Der ist in dem anderen Gang und nein, ich denke nicht, dass er in Gefahr ist. Oder irgendjemand von uns beiden.«

Jonathan musste der Junge gewesen sein, der ihr hinterhergerufen hatte! Sie erinnerte sich vage, dass sie einen Jungen mit hellbraunen, welligen Haaren in einem Sporttrikot gesehen hatte.

»Was auch immer du hier redest und … woher du diese Sachen über uns weißt … an deiner Stelle würde ich mich beruhigen und nach Hause gehen. Das muss alles ein Missverständnis sein. Vielleicht stimmt es, dass Liane sauer auf uns war, aber du solltest ihre Worte nicht zu ernst nehmen. Und erst recht nicht, wenn es um die Tode meiner alten Clique geht.« Ein undefinierbarer Ausdruck schlich sich auf Joannes Gesicht. »Die waren nie so unschuldig, wie sie taten. Wer weiß, was sie getrieben haben.«

Mit diesen Worten wandte sich Joanne ab und sprang die letzte Stufe an ihr vorbei nach oben, um zu ihrem Kursraum zu eilen.

»Es stimmt! Bitte hör doch auf mich! Bleib hier!«, schrie ihr Christel hinterher.

»Ich kann nicht! Wegen dir bin ich eh schon zu spät!«

Sie konnte es nicht fassen. Joanne ließ sie auf der Treppe stehen.

Zu Hause schmiss sie ihren Rucksack auf ihr Bett. Einmal in ihrem Leben lag eine so große Verantwortung auf ihren Schultern und sie vermasselte alles. Wieso schaffte sie es nicht, Joanne zu überzeugen? Sie versuchte, zu helfen. Und sie hatte gehofft, dass Joanne dies verstehen würde. Immerhin war sie doch selbst an jenem Tag, den Christel nur aus einer Erzählung kannte, dabei gewesen! Sie hatte miterlebt, was im April passiert war. Und nun tat sie so, als würde sie gar nicht verstehen, was vor sich ging? Es passte vorne und hinten nicht. Konnte es sein, dass an ihren Worten etwas dran war? Dass sich die Clique selbst in irgendetwas hineingeritten hatte und Liane nichts damit zu tun hatte? Nein, es passte doch alles zusammen. Es musste von Liane kommen. Zu oft hatte sie Rache geschworen. Sie musste sich ablenken.

Sie nahm einen Brief, der auf ihrem Schreibtisch lag und öffnete ihn. Ihre Mutter hatte ihn ihr nach der Schule in die Hand gedrückt. Er wirkte wie ein stinknormaler Brief, doch als sie ihn öffnete, verbarg sich dahinter kein Infoschreiben über ihren Handyvertrag oder dergleichen. Eine neutrale Handschrift stach ihr ins Auge und lies ihr Blut in den Adern gefrieren.

Hör auf mit dem Rumschnüffeln. Ich weiß, wo du wohnst und wenn du weitermachst, dann kann ich nichts garantieren.

Sie zerbrach sich lange Stunden den Kopf, wie sie die Sache entschärfen konnte. Sie zweifelte daran, dass die Polizei ihr glauben würde, weil sie sich selbst nicht sicher war, ob sie sich nicht alles einbildete und dann war da der Brief. Die Möglichkeit zur Polizei zu gehen, fiel weg. Sie befand sich in der Gefahrenzone. Die Gestalt am Fenster konnte nur Liane gewesen sein.

Mittlerweile lag sie auf ihrem Bett. Ihr Kopf dröhnte, doch er war leer. Keine Lösung lag in Sicht. Es war, als würde sie in einem Labyrinth laufen. Sie hatte alles, was sie brauchte, aber welcher Weg führte zum Ziel? Sie musste vorbei an Problemen und Hindernissen. Menschen, die ihr nicht glauben wollten.

Klirr. Ihr Tagtraum wurde unterbrochen, als sie einen Schlüssel in die Schüssel auf der Kommode fallen hörte. Es war der ihres Vaters. Aber irgendetwas war anders an dem Ton. Er war ihr lauter vorgekommen. Mühsam krabbelte sie aus dem Bett und schlenderte wie als würde sie Schlafwandeln die Treppen nach unten hinunter.

Er stand in der Küche, die Kaffeemaschine war am Kochen.

»Hey, alles in Ordnung?«, begrüßte sie ihren Vater.

Sie hörte wie ihre Mutter im Wohnzimmer ihren kleinen Bruder beruhigte, der zu kreischen angefangen hatte.

»Alles in Ordnung. Es war bloß ... ein bewegender Arbeitstag.«

Christel hatte plötzlich das Bedürfnis, ihm von all ihren Problemen zu berichten, doch ehe sie etwas sagte, begann er zu erzählen.

»Weißt du ... das Mädchen, das auf deiner Schule war und gestorben ist. Die, mit Suizidverdacht, Nicole. Ihr Vater kam heute zu uns ins Haus. Ich weiß nicht einmal, was er dort wollte. Er schaute sich um und als er mich sah, sagte er mir: ›Sie war gerne hier, früher. Vielleicht erinnern Sie sich nicht mehr daran, aber ich tue es. Herr Garb, ich weiß, wer Sie sind und, dass Sie sich mit Jugendlichen auskennen. Nun sagen Sie mir: Glauben Sie wirklich, dass meine Tochter sich eigenständig vom Dach ihrer Schule stürzt?‹« Ihr Vater nahm die volle Kaffeetasse nicht wahr, er wandte sich zu ihr. »Ganz ehrlich, ich hatte keine Ahnung, was ich antworten sollte. Ich konnte ihm unmöglich sagen, dass die Polizei davon ausgeht und dass es für sie erledigt ist, nachdem sie diesen Brief gefunden haben.«

Christel setzte sich. Es war ihr nicht in den Sinn gekommen, dass er auf der Arbeit auch damit konfrontiert wurde.

»Ihr Vater ist alleinerziehend. Er war alkoholisiert, als er zu uns kam, aber den Schmerz in seinen Augen werde ich nicht vergessen. Bevor ich etwas erwidern konnte, sagte er: ›ich erwarte nicht, dass sie sich ausmalen, wie das ist. Am Morgen da sieht man sie noch und dann, mitten auf der Arbeit bekommt man die verdammte Nachricht. Verdammt hart ist das‹, das sagte er ... «

Seine Stimme ging unter, denn ihr kleiner Bruder kam angerannt. Sie verscheuchte ihn mit einer Handgeste und ihr Vater erzählte ihr den Rest.

Die letzten Worte von Nicoles Vater verließen ihren Kopf nicht.

»Egal, was Sie denken, was die Polizei denkt, alle anderen ... ich kenne mein Mädchen und niemand, auch keine dumme Mutprobe hätte sie all ihre Pläne aufgeben lassen. Sie hatte so große Träume. Sie wollte Model werden, niemals hätte sie das getan. Ich weiß, dass es einer von ihnen war«, er hatte einen Blick auf eine Gruppe von Jugendlichen geworfen, die ausgelassen Kicker spielten, »und ich möchte, dass sie verdammt noch mal ihren Job tun und auf die Kinder aufpassen.« Er hatte mit dem Zeigefinger auf Christels Vater gedeutet. »Manche von denen sind bereit, alles zu tun, wenn ihnen etwas nicht passt, ohne auf irgendwelche Konsequenzen zu achten. Merken Sie sich das, Herr Garb. Auch Kinder können gefährlich werden.«

12

»50 Jahre Graubrunnen Gymnasium!!!«

Der Schriftzug prangte in bunten Buchstaben auf einem Plakat in der Eingangshalle. Einige Schüler hatten schon darauf gekritzelt. Christel hatte früher die Gestaltungs-AG besucht. Doch damals hatte sie garantiert nicht so viele Sorgen mit sich herumgetragen wie just in diesem Moment. Und damals hätte sie beim Vorbereiten geholfen, aber sie wäre niemals auf die Party gegangen.

Nun stand sie da, der Bass vibrierte förmlich in der Luft um sie herum. Überall waren bunte Lichter und Deko angebracht worden. Sie erkannte sogar eine Nebelmaschine bei einigen Schülern der Schülervertretung. Sam und Marlena standen am Rand der Menge und waren dabei verschiedene Saft-Gemische und Snacks zu verteilen. Jüngere Schüler der Mittelstufe kreischten vergnügt, andere der Oberstufe standen in Grüppchen und redeten angeheizt miteinander. Sie blinzelte überrascht. Einige tanzten sogar unauffällig zu der lauten Musik. Auch Lehrergestalten machte sie ausfindig. Ihre Freundesgruppe, die aus Sienna, Lukas, Emira, Jerome, Finn und deren weitere Freunde bestand, musste sich hier aufhalten. Sie versuchte, sich krampfhaft zu erinnern, aber die letzte Erinnerung, die sie in Bezug auf ihre Freunde hatte, war, wie Sienna wütend abrauschte. Die Nachrichten auf ihrem Handy hatte sie nicht gelesen und bei den

Gesprächen in der Pause hatte sie nicht zugehört. Das Einzige, das ihr bei der aufgeregten Atmosphäre einfiel, war, dass sie ihrem Vater bei der gestrigen Aufregung total vergessen hatte, alles zu erzählen. Zumindest redete sie sich das ein. Sie wusste, es war wichtig, sich einem Erwachsenen anzuvertrauen, doch ... Nun war es zu spät. Mal wieder. Sie hatte ihren Vater auch nicht angetroffen, als sie zwischen Schule und Feier kurz zu Hause vorbeigeschaut hatte. Ihre Mutter hatte fragend eine Augenbraue gehoben, als sie Christel um Viertel vor sechs das Haus verlassen sah, hatte aber nichts gesagt, da sie am Telefon geredet hatte. Und nun war sie hier. Jedermann befand sich, von der Musik angesteckt, in Feierlaune. Die Klausuren waren wegen der Ereignisse alle bis nach den Ferien verschoben worden, was für Freude unter den Schülern sorgte. Wenn sie den Song im Hintergrund des ganzen Lärmes korrekt erkannte, war es ›Got Well Soon‹ von Breton. Er war bei der Feier des letzten Abitur-Jahrganges gelaufen.

Welch Ironie. Bestimmt wird jetzt alles wieder gut werden.

Ihr Körper sträubte sich gegen die Musik, ein ungutes Gefühl bereitete sich in ihrer Magengrube aus. Es war, als müsste sie sich jeden Moment übergeben, obwohl sie keine richtige Übelkeit verspürte.

Als sie sich endlich wieder in Bewegung setzte, zog sie den Kragen ihrer dunklen Jacke, im Versuch, möglichst unauffällig zu sein, weit hoch und kam an einer Lehrergruppe vorbei. Dort stand auch der Hausmeister, der genau so missmutig wirkte wie Christel sich fühlte. Sie hörte die Stimme der Direktorin, Frau Bique, welche von grellem Gelächter umgeben war, eine Rede halten. Oder zumindest das Ende dieser.

»Natürlich will ich damit nicht sagen, dass der Verlust dieser Schüler ohne Weiteres an uns vorbeigeht. Später werdet ihr das Lied hören, was die Schulband für ihr von uns gegangenes Mitglied Marc Feller komponiert hat. Wir haben bereits Pläne gemacht, um die Schüler zu verewigen, die Ermittlungen laufen, ... aber heute ist ein Tag, den wir zwar mit Trauer im Gedächtnis, aber mit Freude im Herzen feiern werden.«

Christel wandte sich ab. Sie konnte sich das Gerede von Frau Bique nicht länger anhören. Wie viele Gläser Sekt sie wohl getrunken hatte?

Natürlich den Alkoholfreien ...

Sie löste ihren Blick von den Menschen.

Ich muss Joanne finden.

Sie betrat die Cafeteria, wo sich die meisten Leute befanden. Die Musik schwoll lauter an. Einige Schüler tanzten, aber der Großteil hielt sich zurück und stand in Gruppen, Chips oder Süßigkeiten mampfend, da. Wo waren nur die Schüler des 12. Jahrganges? Sie drang vor bis zum hinteren Teil, hier vermutete sie Menschen wie Joanne am ehesten.

Die Luft war stickig und sie hörte nichts außer vermischte Stimmen, Musik und ihren eigenen Herzschlag.

Kaum zu glauben, dass ich mich in unserer langweiligen Schule befinde.

Sie versuchte Joanne unter den schemenhaften Gestalten auszumachen. Chloe, Lianes ehemalige beste Freundin, stand in der Menge, wippte leicht zur Musik und unterhielt sich mit einem fremden Jungen.

Sie ließ ihren Blick weiterschweifen. Wo würde eine Person wie Joanne sich aufhalten? Sie hatte mal zu einer Gruppe von ... Mobbern gehört, laut Liane. Also eher nicht mit den normalen Leuten? Christel kannte sich damit weder aus noch konnte sich ihr Gehirn bei dem Lärm irgendetwas Vernünftiges ausmalen. Sie ging weiter. Hinter der Küche ertönten ebenfalls Geräusche. Aber hier lief eine andere Musik. War das der selbsternannte ›V.I.P. Bereich‹, oder was? Normalerweise war hier eine ungestörte Ecke zum Lernen für die älteren Schüler, sofern man sich nicht aus den Gerüchen, die aus der Küche kamen, ablenken ließ.

Gerade wollte sie den Bereich betreten, da wurde sie am Arm gepackt und ehe sie sich versah an einen der Stehtische in der Mensa gezogen.

»Christel! Ich wusste nicht, dass du auch kommst. Mensch, du hast dich gar nicht mehr gemeldet!« Jerome redete mit einer solchen Sorglosigkeit in der Stimme, dass ihr Bauchgefühl sich verschlechterte und sie sich wünschte, in ihrem Bett zu liegen und die Verantwortung abzustreifen.

Zu Christels Verwunderung war ihre gesamte Freundesgruppe anwesend. Neben Jerome und Emira standen Finn und Maximillian an dem runden Stehtisch. Zu ihnen hatte Christel zwar kein innigeres Verhältnis, aber manchmal waren sie in der Pause bei ihnen. Letztes Jahr hatten sie dieselbe Klasse wie sie besucht.

Auch Sienna und Lukas waren da, beide standen etwas abseits, gegen die Wand gelehnt. Sienna hörte ihre eigene Musik mit ihren Kopfhörern. Sie vermied den Blickkontakt mit ihnen. Wenn das hier vorbei war, dann hatte sie einiges aufzuholen.

»Haha, sie dachte wohl, sie kann sich davon schleichen«, scherzte Emira und drehte ihren Kopf zu Christel. Ihr langes, dunkles Haar fiel ihr über die Schulter.

Christel lächelte entschuldigend. Die anderen fingen

irgendein Gespräch über einen Physik-Wettbewerb an. In der Not wanderte ihr Blick zu Sienna.

»Ich wusste gar nicht, dass du kommst. Wie gehts dir?«

»Hättest du die Nachrichten gelesen, die wir dir geschrieben haben, wüsstest du es. Und mir geht es so weit gut«, erwiderte sie knapp und sah Christel widerwillig an.

»Hey, es tut mir leid. Ich weiß, ich habe mich falsch benommen, aber da ist noch eine wichtige Sache, die ich klären muss und ...«

»Schön. Geh doch.« Mit den Worten wandte sich Sienna ab und tat so, als wäre sie plötzlich an der Konversation über irgendeine Seifenkiste interessiert.

Lukas blickte sie entschuldigend an. »Nimm's ihr nicht übel, sie ist halt noch beleidigt. Aber ansonsten gehts ihr wirklich gut, denke ich. Sie meinte, Jakob hat sich wieder halbwegs mit ihrem Vater versöhnt.«

»Das freut mich zu hören.« Im Augenwinkel sah sie ein Mädchen den hinteren Bereich betreten. Sie war sich nicht sicher, aber konnte es sein, dass es eines der Mädchen war, die gestern mit Joanne auf der Treppe gesessen hatten?

Lukas folgte ihrem Blick. »Hör zu, ich weiß, dass du etwas zu tun hast und dass es irgendwie mit diesem Buch zusammenhängt. Vielleicht ist es besser, wenn du machst, was auch immer es ist und irgendwann ... zu einem späteren Zeitpunkt kannst du uns alles erklären«, er warf einen Blick auf Sienna, »sie wird sich schon wieder einkriegen, keine Sorge.«

»Danke, Lukas.« Diese Worte meinte sie ehrlich. Ohne ihn wäre es deutlich schwerer, ihre Mission wieder aufzunehmen. Sie lächelte ihm zu, dann schlich sich unauffällig zurück. Sofort strebte sie den Weg zur hinteren Ecke an.

Sie zwang sich, nicht gleich wieder umzukehren, nachdem ihre Augen ungefähr ein Dutzend unbekannte Gesichter erfassten. Es kostete sie große Beherrschung. Eine Stimme in ihr schrie, dass sie nicht angestarrt werden wollte.

Komm schon, sie muss hier sein.

Nachdem sie sich an das dunklere Licht hier gewohnt hatte, erkannte sie einen braunen Haarschopf. Es war Joanne. Und sie lebte.

Noch. Das Wort tauchte sofort in ihrem Kopf auf.

Sie schüttelte es ab und schritt auf Joanne zu. Diese hatte eine weiße Bluse und darüber eine hellbraune Lederjacke an.

Sie schlängelte sich durch die Schüler zu Joanne. Diese sah auf. Kurz zögerte sie, dann stöhnte sie auf. »Nicht du schon wieder! Willst du mich wieder volllabern, dass ich sterben werde, oder was?« Joannes Freundinnen warfen Christel einen verwirrten Blick zu.

»Bitte, ich meine es ernst, du ... du musst wirklich aufpassen. Und hast du mit Jonathan geredet?«

»Ich habe dir schon gesagt, dass ich an deine Märchen mit diesem Tagebuch nicht glaube.«

»Es sind keine Märchen, ihr beide seid in Gefahr. Es ist nur eine Frage der Zeit bis sie zuschlägt.«

»Hey, hör zu, wenn diese Party hier vorbei ist, dann gehe ich zu meiner Cousine und hier kann mir auch nichts passieren! Siehst du, hier sind überall Menschen. Jonathan ist nicht einmal hier, der ist zu Hause am Zocken. Beruhigt dich das?«

Christel schwieg. Joanne wollte sie einfach nicht

ernst nehmen! Was sollte sie tun? Sie war sich sicher, dass etwas passieren würde. Liane würde heute zuschlagen. Zwei Mal. Sie musste das verhindern!

»Bitte pass einfach auf«, sagte sie zu Joanne. Dann ging sie. Hier war nichts mehr zu tun. Das würde nichts bringen.

Sie hatte einen anderen Plan. Sie brauchte das Tagebuch, bevor Liane es nahm. Alles drehte sich darum, ihre Angst zu bekämpfen. Sie musste zur Polizei, trotz des Briefes. Einmal in ihrem Leben musste sie den Mut haben, zu handeln. Sie konnte sich nicht ewig hinter ihrem Kindheitstrauma verstecken. Ja, ihre Familie war in Gefahr, aber wenn Christel jetzt rechtzeitig handelte, schaffte sie es, Liane zu stoppen, bevor diese weder Joanne noch ihrer eigenen Familie oder ihr etwas antun konnte.

Sie verließ den ›V.I.P. Bereich‹ und schlüpfte am Tisch ihrer Freunde vorbei, als sie jemand am Arm packte. Zu ihrer Überraschung war es Sienna.

»Ich weiß, du hast es eilig. Was auch immer du vorhast. Aber ...«, Sienna blickte kurz weg, dann schaute sie Christel in die Augen, »dieser Drohbrief, den du bekommen hast ... das war ich. Es tut mir echt leid, falls ich dir Angst gemacht habe, aber du bist in letzter Zeit so mit diesem verdammten Buch beschäftigt, dass ich dachte, ich bin dir jetzt komplett egal!« In Siennas Stimme lag Verzweiflung. Sie blickte kurz weg, dann nahm sie den Blickkontakt wieder auf. »Vielleicht bin ich das auch«, fügte sie leise hinzu.

»Nein, nein, natürlich nicht, aber ... Du ... du warst das?«

Sienna nickte.

Ihr Gehirn hatte die Informationen wie durch einen

Nebelschleier aufgenommen. Sie wusste, es war falsch, aber sie freute sich. Liane schien doch keine Ahnung zu haben, was Christel vorhatte. Vielleicht hatte sie sie nicht einmal am Fenster gesehen! Sie konnte zur Polizei gehen.

»Bitte nimm es mir nicht zu Übel, aber du verhältst dich in letzter Zeit wie der letzte Idiot und das, obwohl ich dich gebraucht habe. Du bist nie da für mich!«

Christels Euphorie verschwand so schnell, wie sie gekommen war. Sie hatte das ganze Rätsel um das Tagebuch gelöst, sie war kurz davor, Liane aufzuhalten, aber zu welchem Preis? Ihre eigene beste Freundin hatte ihr einen Drohbrief geschrieben, damit sie aufhörte.

»Es ... es tut mir ehrlich leid. Aber ... aber es stehen Leben auf dem Spiel, Sienna! Wenn ich jetzt nicht zur Polizei gehe, dann ...«

»Dann geh«, unterbrach Sienna sie, »wenn es dir gerade so wichtig ist, dann geh. Irgendwann wirst du ja wohl die Zeit finden, mir das Ganze Dilemma um dieses Tagebuch und dessen Schreiberin zu erklären. Tut mir leid, wenn ich dich bei deiner Mission unterbrochen habe.«

Christel hatte keinen Schimmer, ob es Sienna wirklich leidtat oder ob sie sie wieder verletzt hatte. Sie wollte es herausfinden und ihr alles erklären, aber ihr Verstand ermahnte sie, dass ihr die Zeit davon lief.

Sie sah Sienna ein letztes Mal an, dann huschte sie eiligen Schrittes weiter. Egal, was passierte. Diesmal durfte sie nichts davon abhalten zur Polizei zu gehen. Es handelte sich nicht mehr um ein einfaches Tagebuch. Sie musste verhindern, dass Unschuldige starben, weil sie zu spät reagierte.

Sie lief den ganzen Weg wieder zurück, vorbei an den Schülern, vorbei an den Essensständen, wo Sam und Marlena beschäftigt waren. Dort hielt sich die Kundschaft in Grenzen. So wie es aussah, hatte irgendjemand die Nebelmaschine gestartet. Je näher Christel kam, desto mehr verschwamm ihre Sicht. Einige Leute husteten.

Vielleicht ist das auch gut für mich. So sieht niemand, wohin ich allein gehe.

Ihr kam kaum jemand entgegen. Nur eine kleine Gruppe an jüngeren Schülern liefen im Forum herum und spielten Fangen oder Verstecken. Wussten sie überhaupt, was hier vor sich ging? Von irgendeiner Ecke mussten sie doch von den Morden erfahren haben.

Christel öffnete den Spind und atmete erleichtert aus, als sie das Tagebuch unversehrt darin fand.

Sie schloss ihn wieder und blickte hinter sich. Ein Geräusch hatte ihre Aufmerksamkeit erregt. Ihr Herz klopfte bis zum Hals, als sie sich umdrehte. In ihrem Kopf malte sie sich aus, Liane stünde bewaffnet hinter ihr.

Doch es war nur eines der Kinder. Ein kleiner Junge hatte sich in einer Ecke im Flur versteckt, bedeutet ihr mit einer Geste, sie solle ihn nicht verraten. Christel seufzte genervt und setzte sich in Bewegung. Das Tagebuch würde sie auf der Fahrt inspizieren. Sofern sie sich erinnerte, gab es zwei Busse, die um diese Uhrzeit fuhren. Und einer von ihnen steuerte die Richtung der nächsten Polizeistelle an.

20:02 Uhr. Die Anzeige der Tankstelle blinkte regelmäßig auf. Die Sonne verabschiedete sich langsam. In rotes Abendlicht gehüllt, erreichte sie das Polizei-Präsidium.

Ok, Christel. Das alles wird jetzt ganz banal rüberkommen, aber hey. Du schaffst das.

Sie klingelte und wurde eingelassen. Ein Beamter begrüßte sie und Christel grüßte zurück. Sie würde es alles erzählen, egal, wie fernab der Realität das klingen würde. Sie hatte Beweise. Das Tagebuch musste sie weiter bringen.

»Ich habe etwas Wichtiges zu sagen, wegen der Morde am Graubrunnen Gymnasium. Ich denke, ich weiß, wer es ist ...«

So gut sie konnte, erzählte sie zwei Polizisten, was sie herausgefunden hatte. Zwischendurch machte einer von ihnen Notizen.

»Hast du dieses Tagebuch dabei?«

»Natürlich.«

Zum Glück habe ich es mitgenommen. Sogar die UV-Licht-Lampe.

Doch als Christels Hand in ihre Tasche wanderte, griff sie bloß in die Luft. Ihr Herz sprang gegen ihre Brust und sie riss die kleine Tasche hektisch weiter auf. Die Lampe war da. Aber kein Tagebuch.

»Einen Moment, bitte.«

Das konnte doch nicht sein. Sie hatte eben noch im Bus darin gelesen! Sogar in ihren Jackentaschen kramte sie, obwohl das Buch niemals rein passen würde. Ein Gefühl der Hilflosigkeit überkam sie. Wenn sie die Möglichkeit hätte, im Erdboden zu verschwinden, dann hätte sie das jetzt getan.

»Ich ... ich, es ist nicht da, ich muss es auf dem Weg verloren haben.«

»Wirklich? Bist du dir sicher, dass du es mitgenommen hast?«, fragte einer der Polizisten.

Er meint eher, ob es das Tagebuch wirklich gibt.

»Sehr sicher, sogar! Ich hatte es eben noch, das, das kann nicht sein. Sonst wäre ich ja nicht hergekommen.«

»Hm, wenn du dir so sicher bist ... deine Personalien und deine Aussage haben wir ja protokolliert. Wir werden dem Hinweis nachgehen, aber es wäre hilfreich, wenn du uns auch den Ursprung deiner ... Vermutung zeigen könntest. Solltest du das Tagebuch wieder finden, so rufe mich bitte an.« Der Polizist gab ihr eine Karte mit seiner Nummer. »So lange können wir leider nicht direkt einschreiten.«

»Was? Aber sie müssen diese Liane Hertz aufhalten!«

Ihr Gegenüber blickte sie kurz an. »Wir haben unsere Ermittlungen bereits ausgeweitet. Aber ohne handfeste Beweise können wir niemanden verhaften. Keine Sorge, wir werden den Täter finden«, teilte er ihr mit. Sein Ton verriet, dass sie nicht weiter nachfragen sollte.

Was hieß es schon, dass sie in diese Richtung ermittelten? Es konnte doch sein, dass sie nur eine klitzekleine Spur hatten. Christel dagegen hatte alles über Liane gelesen! In deren eigenem Tagebuch!

»Bitte, sie müssen nach Joanne schauen! Ich weiß, dass sie das nächste Opfer sein wird! Bitte tun sie etwas!«

»Wir werden eine Streife vorbeischicken. Melde dich, wenn du irgendetwas anderes mitbekommst ... oder dieses Tagebuch findest.«

Mit diesen Worten endete das Gespräch. Christel verließ die Polizeiwache. Das Gefühl des Scheiterns plagte sie. Noch nie in ihrem Leben hatte sie so versagt. Auch nicht, als ihr damals in der siebten Klasse eine Flasche voller Farbe auf ihr Bild gefallen war, das sie am nächsten Tag hatte bei einem Wettbewerb vorstellen wollen. Nicht einmal bei Sienna. Bei keinem ihrer Probleme. Warum verglich sie diesen Verlust überhaupt mit solchen belanglosen Dingen? Ansatzweise würde nur das Erlebnis rankommen, als ihre Freundin angefahren wurde. Sie hatte das Tagebuch verloren. Alle Beweise waren weg. Wieso hatte sie nie daran gedacht, Kopien anzufertigen? Oder wenigstens Fotos! Wegen ihr standen Menschenleben auf dem Spiel – Unschuldige. Joanne und Jonathan hatten nichts getan! Klar, das konnte man auf zwei Arten verstehen. Sie hatten nichts gegen das Mobbing getan, aber …

›Es war der perfekte Kreis an Mobbern. Die einen mobbten und der Rest ergötzte sich daran wie die Zuschauer eines Amphitheaters.‹

Die Beschreibung von Liane trat unwillkürlich in ihren Kopf. Sie hatte zusehen müssen, wie ihr Freund beinahe zu Tode verprügelt wurde.

Sie erreichte die Bushaltestelle, als sie plötzlich vor ihren Augen sah, was sich abgespielt hatte.

Ihr Handy vibrierte. Sie ignorierte es und steckte es in ihre Tasche.

Christel hatte den Eintrag gelesen. Den Eintrag, in dem Liane das letzte Mal geschrieben hatte. Und es war seltsam. Sie hatte keine Zeit gehabt, darüber nachzudenken, der Bus hatte gestoppt. Doch nun fiel es ihr wie Schuppen von den Augen. Der Eintrag war geschrieben worden, kurz bevor sie zum Spind gekommen war. Den Inhalt hatte sie zwar nicht verstanden, aber es war die einzige logische Erklärung. Als der Bus hielt, stand sie parallel mit der Person in der Sitzreihe neben ihr auf und sie beide prallten zusammen. Christels kleine Tasche war ihr aus der Hand gefallen. Und die Person hatte sie ihr mit einer flinken Bewegung zurückgegeben. Die Person mit der dunklen Kapuze, die Christel nur um ein paar Zentimeter überragt hatte, hatte wohl gewusst, dass Christel aussteigen würde. Und wenn sich diese Person auskannte, dann wusste sie auch, wohin Christel wollte.

Liane hatte ihr das Buch abgenommen.

Die Realität packte sie mit dornenscharfen Krallen. Ein eiskaltes Gefühl rauschte durch ihren Körper. Sie war im Bus so versessen darauf gewesen, ihre Erklärung zu planen, dass sie nicht auf ihre Umgebung geachtet hatte ... und, dass sie jemand verfolgte.

Doch eines wusste Christel. Die Person war zwar aufgestanden, aber nichts aus dem Bus ausgestiegen. Sie hatte sich wieder hingesetzt wie als hätte sie sich kurz mit der Station vertan. Glücklicherweise kannte sie sich mit den Bussen in ihrer Umgebung aus. In ihrem Kopf ging sie die Route durch.

Der Eintrag, den sie am gestrigen Tage gelesen hatte, als Sienna sie unterbrochen hatte, kam ihr in den Sinn. Ein Satz, über den sie in der Eile nicht weiter nachgedacht hatte. Wenn ihre Überlegung stimmte, dann gab es für Christel nur einen Weg.

»Ich werde es dort beenden, wo es angefangen hat.«

13

Entgegen Lianes Erzählung erfüllte kein Nieselregen die Luft. Sie schmeckte kalt und rein auf der Zunge. Das half Christel, einen kühlen Kopf zu bewahren. Warum hatte sie nicht früher realisiert, welche Brücke Liane die ganze Zeit gemeint hatte? Nie war die Bedeutung derer in ihrem Kopf angekommen. Bis sie die Route des Busses durchgegangen war. Der Ort strahlte eine ferne Erinnerung aus. Etwas kam ihr schrecklich bekannt vor. Sie drängte den Gedanken bei Seite.

Ob Liane und Micah damals mit diesem Bus gefahren waren? Oder hatten sie sich zu Fuß auf den Weg gemacht? Sie schüttelte die Fragen ab und fokussierte sich auf den Weg. Glücklicherweise kannte sie sich in diesem Teil von Hamburg aus. Der Bus fuhr entlang der Straße, die neben einer Kurve der Bille lag. Ein altes Gebäude stand vor der Bushaltestelle. Christel meinte sich zu erinnern, dass es eine leer stehende Fabrik war. Rechts von der Bushaltestelle, zwischen dem Fluss und dem Fabrikgelände erstreckte sich ein großer, freier Platz. Neben dem Wasserlauf lag ein Weg für Spaziergänger und Fahrradfahrer. Über die breiteste Stelle des Flusses führte eine Brücke.

Christel sah den metallenen Glanz schon aus der Entfernung. Sie malte sich aus, wie Liane und Micah aus dieser Richtung gekommen waren. Die Gruppe hatte vor der Brücke gestanden. Sie sah sich um. Keine

Menschenseele. Trotz, dass hinter der Brücke ein kleiner Park war, trieben sich hier nicht viele Leute herum. Es war eher die Gegend, die normale Spaziergänger mieden. Vor allem, wenn sie allein waren. Im Moment sah Christel keine zwielichtigen Gestalten, die sie in Alarmbereitschaft versetzt hätten.

Joanne wollte nach der Party zu ihrer Cousine. Wenn Liane der Meinung war, es würde hier enden, dann müsste sie hier auf Joanne warten. Weder eine Spur von Joanne, noch eine von Liane.

Letztere bereitete ihr mehr Sorgen. Sie war sich nicht sicher, ob sie überhaupt auf sie treffen wollte. Doch das Gefühl, dass es passieren würde, verließ sie nicht. Es gab kein Entkommen. Auch, wenn sie scheinbar die Einzige war, welche die Gefahr kannte, die von Liane ausging. Leider ging dieser sechste Sinn nicht so weit, als dass sie genau wüsste, ob Liane hier war oder nicht. Sie roch nur die kalte Luft, den Geruch, den der Fluss ausströmte. Es duftete nicht angenehm, wie, wenn man seinen Sommerurlaub am Strand verbrachte. Die Flüsse und Kanäle hier in der Gegend waren nicht die saubersten. Sie näherte sich der Brücke. Dabei begleitete sie das Geräusch des Blutes, das durch ihren Körper rauschte. Und schlagartig wandelte sich das Gefühl in Messerstiche, die in ihren Bauch stachen. Ihr Magen zog sich zusammen, und eine Gänsehaut breitete sich auf ihren Armen aus. Was würde sie vorfinden? War es zu spät? Hatte Liane sich aus dem Hinterhalt angeschlichen und Joanne von der Brücke gestoßen?

Sie warf einen Blick auf diese. Der Fluss lag tiefer. Die Böschung ging steiler hinab als so manche Skipiste. Unten gab es nur einen schmalen Streifen, wo man direkt am Wasser stehen konnte, aber das war untersagt. Vor allem nach regenreichen Tagen bestand Hochwassergefahr. Fiel man von der Brücke, rissen die Fluten einen schonungslos mit. Es hatte schon seit längerer Zeit nicht mehr geregnet. Im Grunde wusste sie gar nicht, was sie jetzt vorfinden würde. Sie bog um die letzte Ecke. Die Brücke erstreckte sich vor ihren Füßen. Sie war leer und unbewohnt wie ein Aquarium, in dem alle Fische gestorben waren.

Für einen verrückten, kleinen Augenblick fragte sich Christel, ob sie träumte. War das alles hier real? Was war, wenn sie von dem Tagebuch nur geträumt hatte? Das würde erklären, wieso sie mit leeren Händen zur Polizei marschiert war. Wie musste sie nur rüber gekommen sein? Wie eine Irre, die sich ein unsichtbares Tagebuch einbildete. Eine Mörderin, die sie verfolgte. Ein Spind. Genau. Der Spind Nr. 31 war der Kommandant. Ihm war ein Fluch auferlegt worden. Einst diente er viele Jahre als tapferer Soldat. Nun war er Teil eines Rituals. Wie mochte das Ritual aussehen? Tote, die um den Spind herum tanzten? Nr. 31 hatte eine Aufgabe. Er hütete die Kommunikation zur Welt der Toten. Er sorgte dafür, dass die Lebenden, den Abgeschiedenen Nachrichten überbringen konnten. Aber nur wenige besaßen die Möglichkeit, über die Hüter wie den Spind zu kommunizieren. Dafür bedurfte es einer Verbindungsstelle zwischen beiden Personen. Wie das Tagebuch, das in seiner Obhut sicher war.

Sie drehte sich im Kreis und nahm den Platz ins Visier. Erinnerungen durchhuschten sie. Christel lachte los. Schrill. Es war, als füllte ihr Lachen den ganzen Platz. Die Pfeiler der Brücke warfen es zurück. Fühlte es sich so an, wahnsinnig zu sein? Fühlte sich

Liane auch so? Bekam sie dauernd Geister in ihren Kopf, die dort wie ein Echo spukten?

Hilfe, Hilfe! Kleine Geister. Gefangen in ihrem Kopf. So wie die Toten in der anderen Welt. Sie erhielten die Nachrichten. Aber sie konnten dem Absender niemals mehr antworten, solange dieser auf der gegenüberliegenden Seite war. Ihre Schreie hallten in ihrer Welt wieder, aber prallten an den Wänden der Zwischenwelt ab. Das Blut ihrer toten Körper füllte den Spind aus.

Christel schüttelte ihren Kopf frei von diesen Gedanken. Sie war nicht verrückt. Denn die Hilferufe bildete sie sich nicht ein.

»Hilfe!«, dieses Mal leiser.

»Joanne! Joanne, bist du das? Wo bist du?«

Stille. Dann ein kaum vernehmbares Krächzen: »Hier unten.« Ihr ging eindeutig die Kraft aus. Aber sie lebte.

Christel trat von der Brücke zurück, lugte um die Ecke und wäre beinahe ins Stolpern geraten. Die Erde war an dieser Stelle locker und weich getreten. Sie riskierte einen Blick nach unten. Dort lag eine Gestalt mit braunen Haaren. Ihr Herz machte einen Sprung. Eben hatte sie an die Uferböschung gedacht, doch sie hatte nicht nachgesehen. Hätte sie nicht wie eine Wahnsinnige gelacht, so hätte sie Joanne niemals gefunden, weil diese sie nicht gehört und nicht um Rettung gerufen hätte.

Okay, Chris. Beruhige dich. Du findest jetzt einen Weg runter.

Mit keuchendem Atem und vor Stress zusammengeballten Fäusten, lief sie an der Böschung hin und her. Ihre Füße rutschten ein paar Mal aus, als sie einen Weg runter ertastete. Dem Druck gebeugt, sprang sie eine etwas flachere Stelle ein Stück weit hinunter. Sie landete in der Mitte des Abhangs und klammern sich an Grashalmen fest, um ihr Gleichgewicht wieder zu erlangen und nicht herunterzukullern. Dann bewältigte sie den Rest, halb rutschend, halb springend.

Unten angekommen atmete sie auf und musste sich einen Moment lang stabilisieren, um nicht das Gleichgewicht zu verlieren und in den Fluss zu stürzen. Dann blickte sie auf den schmalen Pfad vor sich. Schlamm, Gras und Wasserpflanzen ragten vor ihr auf. Sie kämpfte sich durch die Büsche, bis sie zu einer am Boden liegenden Gestalt vordrang. Sie wagte einen Blick nach oben. Es grenzte an ein Wunder, dass Joanne nicht in den Fluss gefallen war, wenn sie den Abhang heruntergestürzt war. Hoffentlich hatte sie sich nichts gebrochen und konnte aufstehen.

Doch als Christel einen näheren Blick auf sie warf, riss sie ihre Augen vor Schreck weit auf. Joannes Jacke war offen, ihre einst weiße Bluse durchtränkt mit Blut.

»Ach du scheiße!« Christel stürmte verzweifelt zu ihr. Bei genauerem Hinsehen erkannte sie eine Stelle, wo das Blut dunkler verfärbt war und herausfloss, in Joannes Unterleib. Eine Stichwunde. Sie verspürte keine Übelkeit, aber dieser Anblick lies ihr Blut gefrieren. Schwindel überkam sie. Sie atmete tief durch. Sie musste bei Verstand bleiben.

»Joanne! Hörst du mich? Geht ... geht es?« Sie schämte sich sogleich für die Frage, doch Christel hatte keine Ahnung, was sie sie sonst sagen sollte. Als sich Joanne nicht regte, hegte Christel die Angst, ihre Atmung hatte ausgesetzt.

Joanne öffnete ihre Augen. Die braungelben, nahezu

bernsteinfarbenen Augen, die Christel bewundert hatte, waren vor Schmerzen getrübt.

Joanne hustete. Christel zog rasch ihre Strickjacke aus und presste sie unbeholfen auf ihre Wunde. Sie war sich nicht sicher, wie fest sie drücken musste und verfluchte sich dafür. Aber sie war gezwungen, die Blutung zu stoppen.

Joanne drehte ihren Kopf und Christel entdeckte eine weitere Wunde an ihrer Schulter. Einige Schnitte prangten an ihren Händen. Sie hatte sich gewehrt.

»Liane«, krächzte Joanne heiser unter Schmerzen, ihre Augen flackerten. Christel fürchtete, sie würde gleich in Ohnmacht fallen. Hastig kramte sie in ihrer Tasche. Irgendwo musste sie doch noch Taschentücher haben ... oder zumindest eines der Tücher, die ihre Mutter immer nähte. Ja, ihre Hand schlang sich um einen Stofffetzen. Sie drückte ihn auf die Schulterwunde von Joanne.

»Halte durch«, zischte sie zwischen zusammengepressten Lippen.

»Du ... hattest die g-ganze«, Joanne stöhnte leise vor Schmerzen, »die ganze Zeit Recht.«

»Pscht«, Christel wollte zwar hören, was sie zu sagen hatte, aber es war besser, wenn sie ihre Kraft sparte. Sie kramte ihr Handy aus der Tasche, eine Hand auf die blutende Wunde in Joannes Unterleib gepresst. Ihr gelang es kaum, ihr Zittern zu unterdrücken, als sie den Notruf wählte und es kostete sie zwei Versuche, bis sie die Nummer eingetippt hatte.

»Hallo? Hier spricht Christel Garb ... hier ist ein Mädchen, sie ist verletzt ... durch Messerstiche. Ich weiß nicht wie lange sie durchhält! ....«. Sie presste ein paar weitere Worte hervor und legte dann gestresst auf.

Diese ganzen Fragen. Sie kamen. Sie hatte ihnen den Standort, so gut es ihr möglich war, beschrieben. Es war, als würde ihr Herz in ihrem Kopf hämmern, der Druck stieg immer mehr.

Bitte Joanne, halte durch!

»Ich ... ich hätte auf dich hören müssen! Sie hat gesagt«, keuchend hustete sie, »sie hat gesagt, sie geht jetzt zu Jonathan. Bitte, du ... du musst sie aufhalten! Sie darf ihm nichts antun!«

Christel wollte sie am Sprechen hindern, doch die Worte strömten nur so aus Joanne heraus.

»Er hat nichts damit zu tun. Jonathan ... er wollte damals, den Notruf wählen. Wir wussten nicht, was wir machen sollen. Aber ... dann hat ihm Tristan das Handy aus der Hand geschlagen und uns gedroht.« Eine Träne sickerte über Joannes Gesicht und tropfte auf die kalte Erde. »Ich wollte das alles nicht!«

Joanne war vielleicht nicht die netteste Person, aber sie traute ihr nicht zu, eine nicht handelnde Gafferin zu sein, die auch noch Spaß daran hatte zuzusehen, wie jemand zu Tode geprügelt wurde.

Joanne richtete ihren gequälten Blick auf Christel. »Werde ich jetzt sterben?«, flüsterte sie.

Christel drückte ihre Hand. »Nein. Ich bleibe hier ... bis Hilfe kommt.« Sie zögerte. Riskierte sie, dass Jonathan dasselbe Schicksal widerfuhr?

Dann hätte Liane doch genau das erreicht, was sie wollte. Alle Hauptschuldigen, alle fünf Schüler wären aus der Welt geschaffen. Aber sie konnte Joanne nicht verbluten lassen.

»Geh. Geh und halte sie auf. Du musst die Hauptstraße überqueren, dann links, dann rechts. Am Ende dieser Straße ist eine Villa.« Joannes Stimme erreichte sie kaum.

»Ich ... ich kann dich hier nicht alleine lassen.«

Joanne antwortete nicht. Ihre Augen waren geschlossen. Panisch drückte Christel ihre kalte, blutverschmierte Hand an Joannes Wange.

»Komm schon! Du musst wach bleiben!«

Verzweifelt kroch sie ein Stück nach rechts, streckte ihre Hand aus, bis sie sich mit eiskaltem Wasser füllte. Sie kroch zu Joanne zurück und klatschte ihr die Handvoll Wasser auf die Wange.

Bitte wach auf!

Joanne öffnete ihre Augen einen Spalt breit.

»Bitte. Lass mich hier allein. Ich ... ich halte durch. Es gibt nichts, dass du für mich tun kannst. Aber ... Jonathan ist unschuldig ... du musst sie aufhalten. Bitte, Christel«, krächzte sie heiser.

Es war das erste Mal, dass sie ihren Namen sagte.

Jonathan ist unschuldig.

»Bitte halte durch.« Die Worte an Joanne waren gleichzeitig ein Gebet.

Es zerriss ihr das Herz, aber sie konnte hier nichts mehr machen und es war Joannes Wille, dass sie ihren besten Freund fand. Ihre Beine protestierten, vor ihren Augen drehte sich alles, als sie aufstand und die Böschung erklomm. Oben angekommen stolperte sie und wäre fast wieder rücklings heruntergefallen, hätte sie sich nicht aufgefangen und auf ihre Tasche gestützt. Sie nahm ihr Handy raus, richtete sich wieder auf und lies sie liegen. Vielleicht würde Joanne so schneller gefunden werden.

Sirenen. Noch nie hatte sie sich so darüber gefreut.

Sie traf die Sanitäter auf der Mitte des großen Platzes vor der Fabrik. Sie sagte ihnen, wo sie hinmussten und dass sie ihre Tasche als Wegmarkierung dort gelassen hatte, dann lief sie ohne ein weiteres Wort und die Rufe hinter ihr ignorierend davon. Niemand durfte sie jetzt aufhalten. Sie hatte es gewusst, als sie in Joannes Augen blickte. Liane würde ihren Plan hier und heute ausführen. Sie wollte Rache und stoppte vor nichts. Nicht, so lange, Christel sie nicht aufhielt.

14

Sie musste Liane knapp verpasst haben, als sie an der Brücke eingetroffen war. Joanne verlor zwar Blut, aber sie war bei Bewusstsein gewesen, als Christel sie fand. Liane war sofort weiter gezogen. Vermutlich wartete sie gerade auf einen passenden Moment, ihr Opfer zu überraschen. Wenn sie das nicht schon erledigt hatte.

Verloren stolperte sie die Straßen entlang, die Joanne ihr knapp beschrieben hatte. Sie hatte die dicht befahrene Fahrbahn mit der Bushaltestelle, vorbei an dem Rettungswagen, überquert. Sie stand vor einer Kreuzung mit drei Straßen. Hier war sie zwar schon etliche Male vorbeigefahren, aber nie hatte sie das Wohngebiet betreten. Sie bog nach links ab. Die Straße war kurz und wegen der Dunkelheit erkannte sie kaum etwas, aber spätestens als sie die nächste Gabelung erreicht hatte und rechts abbog, begriff sie, dass sie sich in einer Siedlung mit höherem Wohlstand aufhielt. Sie betrachtete dunkle Gestalten von gepflegten, zurechtgeschnittenen Büschen und verschiedenen Formen. Die meisten Häuser hatten einen Pool oder ein Trampolin, wenn nicht sogar einen eigenen Spielplatz. Es waren nicht viele Behausungen, die Grundstücke waren dafür aber größer als sie es gewohnt war. Sie schlang ihre Arme um ihren frierenden Körper. Inzwischen hatte sie nur ihr grünes, langärmliges T-Shirt mit dem bunten Aufdruck auf der Vorderseite an.

Sie lief die Straße im schnellsten Tempo, dass sie durchhielt, entlang. Was war, wenn sie zu spät kam? Was würde sie bewerkstelligen, wenn sie auf Liane traf? Nein, sie durfte nicht wieder in dieses Denkmuster fallen. Ja, sie war Konflikten aus dem Weg gegangen, seit ihre Freundin in der Grundschulzeit vor das Auto gelaufen war. Sie hatte nicht gewusst, was sie tun sollte. Ihr Kopf war wie leer gewesen. Aber dieses Mal war sie vorbereitet und sie wusste, dass sie es schaffen konnte. Es war Zeit, dass sie über das Trauma hinweg kam. Die unzähligen Gedanken in ihrem Kopf hinderten sie nicht daran, weiterzulaufen. Die Angst trieb sie an.

Bitte lass es nicht zu spät sein.

Hier am Ende musste die Villa sein. Sie rannte. Christel trödelte im Sportunterricht mehr, als sie lief und das bereute sie in diesem Moment. Selten machte sie aus eigenem Antrieb Sport. Lieber zeichnete sie oder las ein Buch. Unwillentlich rief sie sich ins Gedächtnis, wie sie das letzte Mal den Krimi zur Seite gelegt hatte und stattdessen zu einem Ratgeber über die Selbstfindung gegriffen hatte. Leider erinnerte sie sich kaum an die Details.

Vielleicht wäre das jetzt nützlich gewesen, dachte sie mit einem Anflug von Ironie.

Völlig aus der Puste blieb sie vor dem Grundstück stehen. Es war ein großes Haus, teilweise von einer Mauer und stellenweise von einem Zaun umgeben. Sie erreichte das eiserne Tor, neben der Freisprechanlage. Es stand leicht offen. Sie zwängte sich durch den Spalt und fand sich auf einem kleinen Vorhof wieder. Links von ihr erstreckte sich eine überdachte Einfahrt, rechts führte ein Weg geradeaus zu einer dunklen Stelle. Sie sah dort eine Lampe mit der Zahl 32 leuchten. Die Haustür. Derselbe Weg gabelte sich in der Mitte auf und führte weiter nach rechts. Die Terrasse? Sie lag zwei kleine Treppenstufen höher. Die Lampen rund um das Haus spendeten genug Licht, sodass Christel schemenhafte Umrisse von Pflanzen sah, die den Garten umgaben. Offenbar waren Jonathans Eltern oder seine sonstige Familie nicht zu Hause. Es standen keine Autos in der geräumigen Einfahrt. Zweifelsfrei besaßen sie mehr als eins.

Bei diesen Besitztümern ist es kein Wunder, dass er zu Tristans Freundesgruppe gehörte.

Mittlerweile herrschte die finstere Nacht. Liane konnte überall sein. Schatten krochen um sie herum. Sie verweilte auf einem fremden, düsteren Grundstück. Sie war theoretisch jedem schutzlos ausgeliefert, vor allem Liane.

Sie hielt sich an die Mauer und schlich langsam näher zum Garten. Ihre Augen hatten sich nicht so an die Dunkelheit gewöhnt, dass sie Liane würde erkennen, wenn sie hier auf sie treffen würde. Bemüht keinen Ton hervorzubringen, schlich sie geduckt und mit flachem Atem auf dem frischen Rasen voran. Es war denkbar, sich in den Pflanzen zu verstecken und den Garten mit den Augen abzusuchen. Doch was, wenn sich Liane just in diesem Moment in dem Beet versteckte?

Komm schon, geh einfach.

Ihre innere Stimme zeigte heute zur Abwechslung mal Mut. Woran lag das? Normalerweise hätte sie niemals so gehandelt wie an diesem Tag. Ihre Entscheidungen kamen aus dem Bauch heraus.

Was ist, wenn mich das jetzt in Schwierigkeiten bringt?

Verärgert schluckte sie die Zweifel hinunter. Hier handelte es sich nicht um eine bessere Note oder eine vermasselte Klausur. Hier stand etwas auf dem Spiel, dass sich entscheidender auswirkte als eine Leistung in der Schule.

Kurzerhand huschte sie in das Beet.

Oh man ... wenn ich dafür nicht in Schwierigkeiten komme, weiß ich auch nicht. Die haben bestimmt einen professionellen Gärtner.

Der Gedanken huschte durch ihren Kopf, sobald sie das gepflegte Beet sah. Sie duckte sich, ihre Finger berührten die feuchte Erde. Sie zwang sich, ihren Atem bestmöglich zu beruhigen und fokussierte sich auf die Geräusche um sie herum.

Ein Poltern erklang. Sie kroch zum Rand, bis sie zwischen zwei Pflanzenstängeln über die Kante des Bodens sah. Weiter hinten leuchtete etwas Blaues, beleuchtetes. Ein Pool. Ansonsten war der Grund betoniert. Das Geräusch kam aus Richtung des Hauses.

Urplötzlich öffnete sich eine Glastür und ein hagerer Junge trat heraus. Er war sportlich gekleidet und hatte hellbraune, wellige Haare.

Jonathan!

»Was war das denn?«, murmelte er.

Er schritt in Socken nach draußen und blieb wie angewurzelt stehen. Im wenigen Licht erkannte sie seine Gesichtszüge nur schwerlich, doch seine Haltung offenbarte, dass er sich erschrocken hatte.

»Was ... ey, wer bist du? Was machst du in meinem Garten?« Langsam trat er zwei Schritte zurück. »Hey, leg das weg!«

Christel wandte ihren Blick von ihm ab und sah weiter nach rechts. Vor dem Pool war eine dunkle

Gestalt. Sie hatte eine Kapuze auf dem Kopf und wirkte nur etwas kleiner als Jonathan.

»Was willst du? Wenn du Geld willst, dann kann ich's dir geben!«, rief er wie vom Blitz getroffen.

Die Gestalt sprach. Ihre Stimme war rau wie die Unterseite eines Schwammes. Dann erkannte Christel, dass sie weiblich war.

»Ich will dein dreckiges Geld nicht. Ich will Rache, du Idiot.«

Die Gestalt nahm die Kapuze ab. Dieselbe wie auf den Fotos.

Sie rechnete damit. Trotzdem hielt sie die Luft an, als Liane sich enthüllte.

Doch die überraschtere Person war Jonathan. Selbst aus ihrem Versteck sah sie sein verblüfftes Gesicht.

Liane hielt einen scharfen Gegenstand in der rechten Hand.

Christel schaffte es nicht, ihn genau zuzuordnen. Er war auf der von ihr abgewandten Seite. Doch sie vermutete stark, dass es ein Messer war. Das Messer, mit welchem sie Joanne so zugerichtet hatte. In der linken Hand hielt sie einen rechteckigen Gegenstand.

Das Tagebuch! Das Tagebuch, das sie Christel entwendet hatte.

»DU?«, stieß Jonathan plötzlich aus.

»Ja, ich«, ihre Stimme war kontrolliert, »Ich weiß, was du denkst. Ich bin verrückt. Ich bin nur das kleine Mädchen, das alle hassen.«

»Wow, beruhig dich, was willst du mit dem Messer?«

»Tu nicht so, als wüsstest du nichts!«, schrie Liane jähzornig.

Als Jonathan nicht antwortete, näherte sie sich ihm langsam. Sie visierte ihn an, wie eine Raubkatze ihre

Beute. »Ihr seid schuld an allem. Wegen euch ist Micah tot! Ihr ... du und deine Freunde, ihr habt ihn verbluten lassen!«

Jonathan bewegte sich nicht von der Stelle.

Lauf! Lauf einfach! Christel betete für ihn.

Doch er tat nichts.

Dann, endlich, regte sich sein Mund. »Das ... das muss ein Missverständnis sein. Ich ... ich wollt' das nicht. Ich habe nichts ...«

»Schweig!« Lianes eiserne Stimme traf auf die kühle Luft und durchschnitt das Rauschen des Blutes in Christels Ohren.

»Du hast nichts getan, um es zu beenden! Du ... dir, dir hat es wahrscheinlich auch noch Spaß gemacht zuzusehen, wie er stirbt!«

»Das stimmt nicht«, Jonathans Stimme klang leise, betroffen.

Ihn plagen Schuldgefühle. Aber er hat doch versucht, etwas zu tun! Wieso sagte er das nicht Liane?

Jonathan stand starr und stumm wie eine Statue vor dem bewaffneten Mädchen. Es war ein Moment, dann ertönte seine zittrige Stimme: »Nein ... nein. Sag nicht, du ... du hast Tristan wirklich geschubst? Die Gerüchte ... die Gerüchte, die Chloe verbreitet hat, stimmen?«

»Sie alle bekamen, was sie verdienten. Genau so wie du jetzt. Ihr alle sollt leiden für eure Sünden.«

Selbst aus der Entfernung konnte sich Christel ausmalen, welch blassen Ton seine Haut annahm und dass er zutiefst verängstigt sein musste. Er hatte nichts geahnt. Joanne hatte ihm nicht das Geringste gesagt.

»Ich habe sie alle einen nach dem anderen umgebracht«, Liane strich sich die Haare aus dem Gesicht, während sie die Worte genüsslich auf ihrer Zunge zergehen ließ.

Christel erkannte ihre Mimik nun besser.

»Tristan war der Erste. Du weißt gar nicht, was er mir angetan hat. Er hasste Micah. Und es wurde nur noch schlimmer, als ich mich von ihm trennte, um mit Micah zusammen zu sein.« Sie machte eine kurze Pause, dann zischte sie: »Hast du die Eifersucht in seinen Augen gesehen?«

Langsam schritt sie in einem Halbkreis um Jonathan herum. Christel wollte einen besseren Blick auf sie erhaschen, aber gleichzeitig konnte sie es nicht riskieren, dass Liane sie zu sehen bekam. Sie begehrte zu hören, was sie sagte.

Ich muss das aufnehmen, nein, besser! Ich muss jemand anders mithören lassen. Zur Sicherheit.

Der Gedanke kam plötzlich. In aller Eile wanderte ihre Hand vorsichtig zu ihrer Hosentasche.

»Du hast es nicht gesehen, richtig?«

Sie bekam das kalte Gerät zu fassen.

»Du bist so blind wie alle anderen!«

Langsam zog sie es hervor, ihre Augen waren immer noch auf die beiden Personen geheftet.

»Ihr alle seid es! Ihr habt ihn zusammengeschlagen!«

Sie öffnete den Sperrbildschirm und tippte auf ihre Kontakte. Würde sie jetzt die 110 oder 112 rufen, müsste sie Fragen beantworten. Es war ein zu großes Risiko, jetzt zu sprechen. Und selbst wenn sie direkt in den Hörer flüsterte, würde sie kaum zu hören sein. Es sei denn die Person am andern Ende trug Kopfhörer. Sie wusste, wen sie anrufen musste.

Sienna. Sie muss mithören. Falls ... falls etwas passiert.

Vielleicht war Lukas neben ihr und konnte das Gespräch aufzeichnen.

»Hat es Spaß gemacht, zuzusehen?« In Lianes Stimme schwang pure Abscheu mit.

Sie schaltete ihr Handy auf leise, den Beepton hörte sie kaum.

Bitte geh ran!

»Na, was ist? Sind dir deine Worte im Hals stecken geblieben?«

Na los!

»Ich ... ich«, stammelte Jonathan.

Es rauschte. Wenn die Verbindung hier zu schlecht war, lohnte es sich dann überhaupt?

»Christel? Was willst du?« Nie war sie so froh gewesen, Siennas Stimme zu hören. Im Hintergrund lief leise Musik. Sie duckte sich tief und flüsterte dann in den Hörer.

»Sienna, bitte bleib am Hörer. Bitte. Du musst dich stumm schalten. Es darf kein Mucks zu hören sein. Aber du ... und wenn Lukas da ist, dann er auch«, sie hielt inne. Liane hatte irgendetwas gesagt, dass sie nicht gehört hatte. »Ihr müsst zuhören. Vielleicht könnt ihr es aufzeichnen, bitte. Stell einfach keine Fragen. Es geht um alles. Ich weiß, du verstehst es nicht, aber es könnte das Letzte sein, worum ich dich bitte. Ich bin bei Jonathans Haus, er ist in der Zwölften«, sie hoffte, dass es keinen anderen Jonathan im zwölften Jahrgang gab, »die Adresse weiß ich nicht. Aber es liegt in der Nähe der alten Fabrik. Ich, hier ...« Ihre Stimme überschlug sich in der Panik, die in ihrem Hals anschwoll. »Ich versuche, einen Mord zu verhindern.«

Sie rechnete mit allem. Dass Sienna auflegen würde, dass sie aus heiterem Himmel ihre Meinung rauslassen würde, aber diese sagte nur ›Okay‹ und schaltete sich dann auf stumm. Christel traute ihren Ohren kaum. Doch schnell ermahnte sie sich und steckte das Handy in ihre Hosentasche mit dem Mikrofon nach oben. Sie musste das Risiko eingehen. Sie wagte es nicht, den Notruf zu alarmieren. Hoffentlich taten es Sienna und Lukas. Würde sie jetzt anrufen, bestand das Risiko, dass Liane sie hörte. Ihr Herz hatte schon einen Sprung gemacht, als Sienna angefangen hatte, zu reden.

Sie wagte es, sich aus ihrer zusammengekrümmten Haltung etwa zu erheben, um die Situation über ihr weiter im Blick zu behalten. Liane redete noch.

»Alle dachten, es sei ein Unfall. Doch weißt du was? Ich habe alles geplant. Der LKW-Fahrer, er war ein alter Freund von Micah. Natürlich habe ich ihn bezahlt, ihn interessierte ja nichts außer das Geld. Und das konnte ich getrost von meiner Mutter nehmen. Es ist mir egal, was alle von mir denken.« Sie holte Luft. »Er hat sein Geld bekommen und er hat es getan. Niemand wird wissen, wer es war. Sie werden nicht einmal das Fahrzeug finden.« Plötzlich lachte Liane laut auf. Das kalte und unberechenbare Lachen füllte die Luft. »Verstehst du? Dann war er tot wie eine Stoffpuppe! Ich habe ihn gesehen, Jonathan, und glaub mir, es hat gut getan.«

Christel brauchte gar nicht in Jonathans Gesicht zu sehen, um zu wissen, dass er genau so fassungslos war wie sie selbst.

»Nicole, diese Schlampe. Sie hasste mich schon immer«, fuhr sie fort, »Ihr war doch nichts wichtiger als Tristan zu gefallen. Egal, was sie damit angerichtet hat. Deshalb war es ein Leichtes ihren Selbstmord zu inszenieren. Du hast ihr Gesicht nicht gesehen, als sie mich erkannt hat. Sah ähnlich wie du aus, denkst du nicht?«

Christels Kopf war gefüllt von schrecklichen Bildern. Hier hatte sie den Beweis! Aber er war realer … und schwerer zu hören, als alle geschriebenen Worte zu lesen. Es war der Hohn und die Bösartigkeit in Lianes Stimme. Ihr Vater hatte einmal gesagt, es gab keine bösen Menschen. Traumatische Ereignisse brachten sie dazu, schreckliche Dinge zu tun. Sie wollte diesen Glauben nicht ablegen. War Liane einmal ein normales Mädchen wie sie selbst gewesen? Das Foto, das Chloe ihr gezeigt hatte, tauchte vor ihrem geistigen Auge auf. Dort hatte Liane so normal gewirkt. Empfand sie Mitleid? Mit einer Mörderin? War das richtig?

»Ich habe Marc schon immer gehasst. Dieser Rüpel wusste doch nicht einmal, was er angerichtet hat! Gehorchte Tristan wie ein Schoßhund. Ich wollte ihn genau so brutal leiden lassen, wie er auch zu Micah war. Auch, wenn es Tristan am meisten verdient hatte. Aber er musste schnell weg. Er wäre mir auf die Schliche gekommen«, fuhr sie fort.

Eine unangenehme Stille beherrschte den Garten. Einen Herzschlag lang.

»Natürlich konnte ich es nicht allein mit Marc aufnehmen. Glücklicherweise trank der Typ seine Proteinshakes literweise und hat nicht einmal bemerkt, dass etwas damit nicht stimmte. Es war so leicht, Jonathan. So leicht. Sobald sein Kreislauf versagte, konnte ich zuschlagen.«

Jetzt wurde Christel übel von ihrer Gleichgültigkeit.

»Joanne musste auch dran glauben … Keine Sorge, der Fluss müsste sie mittlerweile davon getragen haben«, Lianes Stimme wurde wieder rauer. Sie räusperte sich.

»Na, wie ist das, der letzte Überlebende zu sein?«

Doch Jonathan ging nicht auf ihre Frage ein. »Du hast Joanne getötet? Nein, das kann nicht sein! Ich habe sie heute noch gesehen, nein.«

»Das war einmal. Inzwischen müsste sie bei deinen anderen Freunden sein, wenn du verstehst, was ich meine.«

»Du ... du Monster!«, schrie Jonathan heiser.

Das Bild von Joanne schlich sich in ihren Kopf. Hatte sie es geschafft? Oder war sie da, wo Liane sie vermutete? Joannes Augen, die leuchteten und sie anflehten, Liane aufzuhalten.

Jonathan ist unschuldig.

»Jetzt hast du mitbekommen, wie alle deine Freunde gestorben sind.«

»Sie haben mir nichts bedeutet. Aber Joanne ... sie, sie hat nichts getan! Ich«, Jonathans Stimme brach. »Ich kenne sie, seit wir klein sind. Sie kann nicht tot sein.«

»Natürlich ist sie das. Und du bist der Nächste!«

15

»Halt! Liane, tu das nicht!«

Christel wandte ihre ganze Kraft auf und sprang in einem Satz nach oben auf die Terrasse. Sie richtete sich auf. Beide, Liane und Jonathan standen wie erstarrt da. Das Blut auf der Klinge des Messers in Lianes Hand glänzte im Mondlicht.

Der Augenblick der Stille zog sich einige Herzschläge lang, die Christel wie eine Ewigkeit vorkamen.

»Du.«

Was sollte sie antworten? Handelte es sich um ein gutes oder ein schlechtes Zeichen, dass Liane sie kannte?

»Woher weißt du, dass ich hier ...«, sie fing sich kurz, »Was machst du hier?« Liane hatte nicht mit ihr gerechnet.

»Ich weiß alles«, antwortete Christel, »und ich weiß auch, dass deine Rache sinnlos ist. Du kannst Micah nicht zurückholen, indem du die Leute tötest, die deines Glaubens nach Schuld sind.«

»Halt die Klappe! Nimm seinen Namen nicht in den Mund.« Liane drehte sich langsam weg, das Messer drohend erhoben, falls einer von ihnen sich wagen würde, sie anzugreifen.

»Liane, bitte! Du musst das nicht tun! Micah würde nicht wollen, dass du das tust. Damit bist du doch genauso schlimm wie sie.«

»Was weißt du schon? Hat man dir nicht beigebracht, dass man nicht in den Tagebüchern anderer Leute liest?« Liane schaute ihr tief in die Augen. Hass spiegelte sich darin.

Nein, es ist der pure Wahnsinn, dachte Christel.

»Mein Leben ist vorbei. Alles, was ich jetzt noch tun kann, ist es, mit Gerechtigkeit zu beenden.«

Aus dem Augenwinkel bekam Christel mit, dass sich Jonathans Augen erschrocken und zugleich verwirrt zwischen ihnen hin und her bewegten.

»Bitte, ich … ich habe alles gelesen. Das ist nicht der richtige Weg.«

»Hör doch auf mit deinem moralischen Gequatsche«, zischte sie.

Es funktionierte nicht. Sie konnte Liane nicht zur Vernunft bringen … natürlich nicht. Wenn sie es schon nicht schaffte, ihre Probleme mit Sienna zu lösen, wie sollte sie es dann bei Liane schaffen? Sie erreichte die Leute nicht mit ihren Worten. Sie war nicht nur eine miserable Freundin, sondern auch eine Verliererin. Wegen ihr würden unschuldige Menschen sterben.

Himmel, es muss doch einen Weg geben, um Liane aufzuhalten!

Ein unheimliches Schweigen umgab sie. Die moralischen Zusprüche brachten nichts. Ein Gedanke formte sich. Wer sagte denn, dass sie Liane zur Vernunft bringen musste? Liane durstete nach Rache. Es war wie die Luft zum Atmen, die ihre Lunge brauchte. Ihr Herz ersehnte die wohltuende Rache. Lianes Freund, der Einzige, den sie liebte, war gestorben und sie suchte die Schuld bei der Clique, die gezwungenermaßen schon etwas Schuld an der Sache trug. Aber dafür konnte man doch nicht alle bestrafen. Nicht auf diese Weise.

»Du hast Tristan umgebracht. Reicht das nicht? Er ist es doch, den du am meisten hasst.«

Lianes Augen verengten sich zu Schlitzen. »Ja ... er ist tot. Aber ich darf die anderen nicht ungestraft davonkommen lassen. Sie waren dabei und tragen genau so viel Schuld. Sie alle müssen sterben!«

Liane musste Vertrauen zu ihr schöpfen.

»Was war eigentlich zwischen dir und Tristan ... ich meine vor dem Ganzen?«, wechselte sie das Thema plötzlich.

»Ich wüsste nicht, was dich das angehen sollte. Wir kennen uns nicht.«

»Das stimmt. Na ja, teilweise. Ich habe dein Tagebuch gelesen. Ich weiß so einiges über dich. Aber du weißt wahrscheinlich kaum etwas über mich ... außer als du mich vielleicht mal gesehen hast, am Spind. Mein Name ist Christel ... ich bin im zehnten Jahrgang.«

»Wie hast du es gefunden?« Liane warf einen Blick auf das Tagebuch in ihrer Hand.

»Es war ein gutes Versteck ... aber ich bin aus Zufall darauf gestoßen und auch auf die geheimen Einträge. Irgendwann habe ich begriffen, dass es einen Zusammenhang gibt zwischen den ermordeten Schülern und dem Tagebuch.«

»Ich habe dich unterschätzt. Es sollte bei meinem letzten Zug dabei sein. Ich konnte ja nicht ahnen, dass du damit zur Polizei rennst.«

Das erste Mal, dass mir jemand sagt, er hätte mich unterschätzt. Normalerweise mache ich nichts Bemerkenswertes, das die Leute das sagen lässt.

Liane ließ sie nicht aus den Augen, trotzdem hatte sie das Messer auf Jonathan gerichtet.

»Es sollte ein sicheres Versteck sein. Weißt du, wie

lange ich diesen Spind schon hatte? Weißt du, wer mir das Tagebuch geschenkt hat? Micah ... mein Micah. Zu Hause konnte ich es nicht verstecken. Meine Mutter hat nichts anderes zu tun, als mein Zimmer zu durchsuchen, wenn sie einmal zuhause ist. Weißt du, was ich denke, Christel? Ich denke, dass sie es verdammt noch mal wusste. Sie dachte sich: Meine Tochter ist eine Mörderin. Aber sie sagt es nicht. Welche Mutter würde das schon tun? Vielleicht macht sie sich auch einfach Sorgen, um ihren glorreichen Ruf ... genau wie mein Vater, der dauernd auf Geschäftsreisen ist.«

»Aber sie sind doch noch immer deine Eltern! Sie müssen dir etwas bedeuten!«

»Nein.«, kurz zögerte sie, dann fuhr sie mit kräftiger Stimme fort, »Mir bedeuten sie gar nichts. Sie hatten nie Zeit für mich oder meine Probleme. Sie haben mir nie zugehört. Durch ihre Kontrollsucht haben sie alles schlimmer gemacht!«

Christel öffnete den Mund und schloss ihn wieder.

»Micah haben sie auch gehasst, nur weil sie gehört haben, was für Geschäfte er treibt.«

»Hat er das nicht auch?« Sie biss sich nach der Frage beinahe auf die Zunge.

»Na und? Vielleicht hat er sich damit über Wasser gehalten. Wie denn auch sonst? Sein Vater hat die Familie verlassen, seine Mutter einen schlecht bezahlten Putzjob und er war ... ist der Älteste von den Kindern. Normale Jobs konnte er wegen seinem schlechten Ruf nicht mehr annehmen. Das hat er der gottverdammten Clique zu verdanken. Aber er ist kein Drogen-Junkie! Micah ist der Einzige, der immer für mich da war.«

Trauer schwang hörbar in ihrer Stimme mit. Sie redete von ihm, wie als wäre er am Leben. Sie musste

Micah unglaublich vermissen. Sie konnte nicht mehr ohne ihn leben. Sie sah in Lianes Gesicht, das eins so voller Lebensfreude strahlte. Dann fiel ihr etwas auf. Liane trug eine rosa-goldene Kette mit einem Herzen und einen gleichfarbigen Ring.

»Sind die Kette und der Ring auch von Micah?«

Liane antwortete nicht direkt. »Ja«, sagte sie dann leise, »ja, die Kette schon. In den Ring habe ich … nach … alldem seinen Namen eingravieren lassen. Damit er immer bei mir ist.«

Christel war sich sicher, dass das die emotionale Seite von Liane war. Die Seite, die ihr den Antrieb zu all den schrecklichen Verbrechen verlieh. Aber konnte ein Mensch, der so litt und das alles wegen eines Menschen, so grausame Taten begehen? Christel konnte es bei der schmächtigen Gestalt von Liane kaum glauben. Selbst unter ihren schwarzen Kapuzenpullover und der gleichfarbigen Lederjacke darüber konnte sie erkennen, wie dünn sie war.

»Es hätte mich nicht gewundert, wenn du das gewusst hättest.« Liane schnaubte verächtlich. »Die Polizei hat mich noch nicht erwischt, aber ein kleines Mädchen, das Hobbydetektiv spielt, schon.«

Christel konnte selbst nichts sagen. Ihr Mund war wie zugeklebt.

»Natürlich verstehst du es nicht. Du bist auch so wie alle anderen. Denkst, du erntest dir Ruhm ein, wenn du einen auf Detektivin machst. Ich würde dir raten, zu verschwinden.« In den letzten Worten schwang eine klare Drohung mit.

Doch Christel würde nicht so leicht aufgeben. »Du denkst, Micah hört dich, wenn du in das Tagebuch schreibst, richtig?«

»Natürlich tut er das!«, fauchte Liane. Sie sah es als so selbstverständlich an wie das Aufgehen der Sonne.

»Hätte Micah denn gewollt, dass du das hier machst? Hätte er wirklich gewollt, dass du dich selbst in Schwierigkeiten bringst?«

Einen Moment schwieg Liane.

»Er ... er wollte einfach nur ein faires Leben. Er hat es geliebt, über die Zukunft zu philosophieren. Doch was bekommt er stattdessen? Eine Hasstirade von allen, die er kennt. Er wurde ein Mobbing-Opfer!« Das letzte Wort spuckte sie nahezu aus. Liane senkte das Messer.

Christel stand starr wie eine Statue, sie wagte nicht, sich zu bewegen.

So nah!

»Bitte Liane! Erinnere dich an die Zeit, als du glücklich warst! Ich habe so viel Positives gehört. Bestimmt hättest du das hier nicht gewollt!«

»Was weißt du schon?« Sie schnaubte verdrossen. »Die meiste Zeit hab ich das eh nur vorgespielt! Na klar, du versuchst, mich davon abzuhalten! Dir ist es egal, was ich fühle. Aber ich werde meinen Plan beenden. Und du wirst mich nicht daran hindern können.«

All ihre Bemühungen scheiterten. Liane war fest entschlossen. Ihre Stimme war gefüllt mit Feindseligkeit. Was konnten sie jetzt noch machen?

Sie sah zu Jonathan. Schließlich war er auch noch da.

Seine Augen waren weit aufgerissen.

Sie steckten beide in einer hilflosen Lage. Sollten sie es wagen, Liane anzugreifen? Und damit riskieren, dass einer von ihnen verletzt wurde? Nein, es musste einen anderen Weg geben ...

»Liane ... es tut mir wirklich leid, was mit Micah passiert ist«, sprach Jonathan unvermittelt mit zittriger, hoher Stimme, »ich wollte das nicht und Joanne ebenso wenig. Aber wir konnten nichts ma-.«

»Sei leise! Ihr hättet mir helfen können, aber ihr standet bloß da und habt nichts gemacht! Dir tut gar nichts leid, du willst nur deinen verlogenen Hintern retten, aber das wird dir nicht gelingen, glaub mir!«

Mit diesen Worten spannte sich Lianes Körper an, bereit, Jonathan anzugreifen. Als sie sich bewegte, sprang Christel vor und packte Liane am Arm. »Tu es nicht! Du wirst es bereuen!«

Liane war kräftiger, als sie aussah. Sie schüttelte Christel ab und schubste sie mindestens einen Meter weg von ihr. Dabei fiel ihr das Tagebuch aus der Hand.

»Ich werde nichts bereuen und jetzt verschwinde!«, schrie sie wutentbrannt. Sie drehte sich um und wollte sich wieder auf Jonathan stürzen, doch an seiner Stelle war nur noch Luft.

Christel und Liane sahen sich beide um. Die Terrassentür schwang zu. Er war geflüchtet. Er hatte sie allein gelassen.

Christel wusste nicht, wie ihr geschah, als sich Liane plötzlich zu ihr umdrehte.

»Du ... du, was hast du getan? Jetzt ist er weg!« Ihre Stimme wurde immer schriller.

Christel stolperte zurück. Sie hörte ihr Herz pochen. Das Adrenalin schoss durch ihren Körper, als Liane auf sie zusprang. Sie drehte sich um und sprang die Terrasse runter. Sie wagte nicht, sich umzudrehen, und rannte in die entgegengesetzte Richtung, aus der sie gekommen war. Der gepflegte Rasen umgab das ganze Haus. Sie zwang ihre Beine, sich so schnell es ging zu bewegen.

Dort ist ein Schuppen! Aber, wenn ich mich da verstecke, bin ich in der Falle! Bitte lass sie nicht hinter mir sein!

Sie nahm ihre Beine in die Hand und schlüpfte in die Lücke zwischen Schuppen und Zaun. Sie rang nach Luft und zwang sich, nicht zu laut zu atmen. Sie lugte aus einer Ecke hervor.

»Wo seid ihr? Kommt raus! Ihr könnt euch nicht ewig verstecken. Ich werde euch kriegen, egal, was ihr tut!«

Ihr Handy! Sie musste es noch haben! Sie fasste sich an die Hosentasche und erschrak im selben Moment. Die Tasche war leer, ihr Handy weg!

Oh nein, wann habe ich es verloren?

Was, wenn sie es schon vor dem Gespräch verloren hatte? Wenn Sienna und Lukas nichts von all dem mitbekamen? Wenn sie nicht die Polizei alarmiert hatten?

Liane schrie auf einmal erbost auf. »Du kleines Miststück!« Sie hatte es gefunden.

Christel hörte einen dumpfen Schlag.

Lebewohl, Handy, dachte sie mit einem bitteren Gefühl. Gleichzeitig war sie froh, jemanden mitgehört haben zu lassen, als eine Audioaufnahme gemacht zu haben, die jetzt weg wäre. Dann duckte sie sich zurück in ihr Versteck. Liane war nun noch wütender. Sie würde vor nichts mehr zurückschrecken.

Sie hörte Schritte. So gut es ging, hielt sie ihren Atem an. Wenn Liane sie hier fand, dann war es vorbei. Ein Quietschen. Dann ein frustriertes Schnauben. Offenbar hatte sie im Schuppen nachgeschaut. Christel hörte eine Weile nichts mehr. War Liane weggegangen?

Als sie aus ihrem Versteck herausschaute, erkannte

sie nichts. Hatte Liane die Suche so schnell aufgegeben oder war sie hinter dem Haus suchen gegangen?

Ihre Brille saß unangenehm schief auf ihrer Nase. Bei der Flucht war sie verrückt. Christel schob sie wieder richtig, da entdeckte sie eine Bewegung aus dem Augenwinkel. Ihr Herz setzte kurz aus und sie zwang sich, unkoordiniert und stolpernd auszuweichen. Liane hatte sich von der anderen Seite genähert und war kurz davor gewesen, zuzustechen. Christel beeilte sich, aus dem schmalen Gang zu entfliehen, ihr Fuß verhakte sich in einer stacheligen Pflanze, die Dunkelheit verminderte ihre Sicht. Panisch zog sie ihren Fuß aus der Pflanze. Die Dornen kratzten Schrammen in ihre Haut, ihre Hose riss mit einem Knatschen an der Stelle. Gleich würde sie spüren, wir Liane das Messer in sie versenkte.

Sie wandte ihre ganze Kraft auf und zog ihren Fuß aus der Schlinge. Dann stolperte sie aus der Gasse heraus. Gehetzt rannte sie in Richtung des Gartens. Wohin sollte sie fliehen? Sie zweifelte, dass sie es weit bringen würde. Flink nahm sie die Stufe im Sprung. Liane, welche das Gestrüpp auch überwunden hatte, rannte dicht hinter ihr. Sie war nicht schnell genug!

Ein Geistesblitz durchfuhr sie.

Sie schwenkte scharf in Richtung des Pools und sprang. Er war in seiner Breite zwar schmal, doch trotzdem reichte der Sprung nicht, um auf die andere Seite zu gelangen. Beinahe tauchte sie unter, dann bekam sie den Rand zu fassen. Unter größter Anstrengung und panisch zog sie sich hoch. Was war, wenn Liane den Pool einfach umrundete? Doch als sie sich aus dem Pool zog, hörte sie ein Fluchen, das von Planschgeräuschen und Husten unterbrochen wurde.

Wohin jetzt? Ihr blieb nicht mehr viel Zeit, bis Liane es auch aus dem Pool schaffte!

»Christel, hierher!«, riss sie eine Stimme aus ihrer Panik.

Jonathan hielt ihr die Terrassentür offen.

Sie geriet ins Rutschen, fing sich wieder und stolperte dann zu ihm. Ihre ganze Luft, die sie angehalten hatte, entlud sich stoßartig, als die Tür hinter ihr zufiel. Sie keuchte und rang nach Sauerstoff.

»Hat sie dich verletzt?« Er wartete keine Antwort ab. »Oh man, hoffentlich kommt sie hier nicht rein! Ich habe schon die Polizei gerufen.«

Christels Beine gaben nach und sie glitt an der Glastür zu Boden. Sie atmete schwer, unfähig etwas zu sagen. Ihre Kleidung klebte an ihrem nassen Körper, ihre Brille hatte sie verloren.

»Oh man, Joanne kann doch nicht wirklich tot sein!«, schrie Jonathan urplötzlich, den Tränen nah.

»Ich ... ich kann mich hier nicht feige verstecken. Ich muss raus und Joanne ... «

»Nein!«, rief Christel. »Joanne ist nicht tot! Ich habe sie gefunden, sie ist verletzt, aber«, sie holte tief Luft, »sie lebt. Ein Krankenwagen ist bei ihr. Sie müsste jetzt schon im Krankenhaus sein.« Sie kämpfte, um ihre Atmung unter Kontrolle zu halten.

Jonathan wirkte nicht so, als würde er ihr glauben. Sie beide kannten sich nur flüchtig. Christel musste komisch auf ihn wirken. Dass sie so plötzlich auftauchte ...

»Sie hat mir gesagt, wo ich hinmuss. Sie meinte, du bist unschuldig, ich müsste Liane aufhalten. Sie meinte, ihr hättet versucht, die Polizei zu alarmieren .... damals.«

»Das stimmt, wir ...«

Ein dumpfer Aufprall hinter Christel unterbrach Jonathans Antwort. Erschrocken sprang sie zurück, als sie spürte, wie die Glasscheibe an ihrem Rücken vibrierte. Mit einem Mal heulte ein Alarm los. Natürlich hatte die Villa eine Alarmanlage. Der schrille Ton hallte in ihrem Kopf wieder und sorgte dafür, dass ihr Adrenalin zurückkehrte.

»Kommt gefälligst da raus!« Liane brüllte so laut, dass das Blut in Christels Adern gefror. Sie übertönte den Alarm. Liane warf sich erneut gegen die Scheibe.

Christel erkannte durch das getrübte Glas kein Messer mehr in ihrer Hand. Hatte sie es verloren, als sie in den Pool gefallen war?

Sie tauschte einen besorgten Blick mit Jonathan aus. Keiner von ihnen pflegte zu wissen, was zu tun war.

»Ich bring euch um!«, schrie Liane von draußen. »Ihr müsst sterben! Ich ... ich bringe diese Rache zu Ende! Heute noch!«

Christel realisierte alles erst jetzt. Wäre sie heute Morgen nicht aus dem Bett aufgestanden, sondern liegen geblieben, dann würde sie nicht in dieser Situation stecken.

Oh doch. Als die Polizeisirenen ertönten, wurde Christel alles klar. Es war ihr Schicksal gewesen. Ihr verdammtes Schicksal. Von Anfang an. Sie war mitschuldig an der ganzen Sache.

Die ferne Erinnerung hatte in ihrem Kopf geschlummert, seit sie den Eintrag gelesen hatte. Der Eintrag, der sie hatte fühlen lassen, was Liane gefühlt hatte. Hilflosigkeit. Alle waren abgehauen. Sie hatte nichts tun können, außer zuzusehen, wie ihr Freund langsam verblutete, während immer mehr Schläge und Tritte auf ihn herab prasselten. Die Leute aus der Entfernung schauten weg. Sie drehten sich nicht um. Sie kamen nicht, um zu helfen. Sie holten keine Hilfe.

Wie fühlt es sich an, nicht geholfen zu haben?

Ihre innere Stimme meldete sich leise.

Die Tränen in ihren Augen signalisierten ihr am Rande ihres Bewusstseins, wo sie war. Doch sie konnte sich nicht fortreißen von den Erinnerungen. Sie hatte nicht genau zu Gesicht bekommen, was sich dort abgespielt hatte. Ihr Vater war mit ihr und ihrem Bruder zum Theater gegangen. Sie hatten sich auf dem Rückweg befunden, denn sie mussten den Rest des Weges laufen, weil der letzte Bus ausgefallen war. Vorbei an dem unheimlichen Platz. Ihr Vater war schnell vorausgegangen und hatte seine Kinder hinter sich her gezerrt. Vielleicht hatte er es gesehen. Spätestens als Christel kurz stehen blieb, drehte er sich um, folgte ihrem Blick und zerrte sie dann weiter.

»Christel, versprich mir, dass du nie in so eine Schlägerei rein gerätst. Ich kenne solche Jugendlichen. Sie glauben, ihren Frust in Prügeleien und Drogen auslassen zu können. Komm mit.«

Ihr Vater hatte nicht gewollt, dass sie mehr sah. Viel hatte sie auch nicht gesehen. Nur, dass es irgendeine Prügelei war. Eine Person hatte wild gewunken, doch Christel war zu abgeschreckt gewesen. Sie hatte Angst gehabt, da rein zu geraten und zu sehen, was sich dort abspielte. Sie war weiter gegangen. So, wie sie es immer getan hatte.

Das, was sie vermutet hatte, seit sie Lianes Geschichte gelesen hatte, war jetzt die Wahrheit. Der kurze Schwall an Erinnerungen, der sie durchzuckt hatte, als sie an der Brücke stand. Es war so gewesen und Christel konnte es nicht mehr leugnen. Sie musste ihren Fehler wieder ausbügeln. Das Schicksal hatte gewollt, dass sie in diese Situation geriet.

Die Sirenen. Christel musste eine Entscheidung treffen. Sollte sie rausgehen und Liane so lange festhalten, bis die Polizei eingetroffen war oder sollte sie Liane fliehen lassen? Sie verspürte Mitleid mit Liane. Scham, weil sie versagt hatte. Weil sie weggesehen hatte. Sie und all die anderen Leute um sie herum an jenem Tag. Sie alle hätten es verhindern können.

Doch niemand hat es getan.

Christel stand langsam wieder auf.

Jonathan starrte immer noch an derselben Stelle auf die Fensterscheibe. Liane war kurz davor, das Sicherheitsglas einzuschlagen. Die Lautstärke der Sirenen erhöhte sich.

»Liane! Hörst du mich?«

Liane hielt inne. Sie wandte ihren Blick ab und lauschte den Sirenen. Offenbar realisierte sie es erst jetzt.

»Lauf!«

Liane blickte sie kurz an.

Christel konnte den Blick nur schwer deuten. Dann schritt sie langsam zurück, drehte sich um und rannte.

»Was machst du? Wieso hast du sie darauf aufmerksam gemacht? Bist du bescheuert?«, fuhr Jonathan sie an.

»Tut mir leid.« Es galt nicht ihm. Sie sagte es leise zu sich selbst. Und zu Micah. Vielleicht konnte er sie wirklich hören.

Beide trauten sich noch immer nicht, die Tür zu öffnen. Christel setzte sich langsam auf das Sofa, dass ein paar Meter weiter weg stand. Das war es nun also. Das Ende? Liane war geflohen, weil Christel es ihr gesagt hatte. Vielleicht rannte sie jetzt zu der Brücke. Der Brücke, wo alles angefangen hatte. Vielleicht wollte sie jetzt allem ein Ende setzen und sich wieder mit Micah vereinen. So wie sie es auch vorgehabt hatte, wenn sie ihren Plan vollendet hätte. Doch ihr Plan war gescheitert.

Jonathan unterbrach ihren Gedanken durch einen Aufschrei. »Ja, sie haben sie! Sie haben sie gefangen!«

Epilog

28.09.2018, Freitag

Die Sonnenstrahlen schienen warm auf sie herunter. Lediglich die herunterfallenden, orangenen Blätter unterbrachen sie. Die letzten Eltern holten ihre Kinder ab. Es befanden sich nur wenige auf dem Schulgelände. Sie war einer der Einzigen, die nicht bereit waren, zu gehen. Zu viel war hier passiert, als das sie jetzt nach Hause spazieren konnte, um ihre Ferien zu genießen. Konnte sie überhaupt noch irgendetwas genießen, nach allem, was geschehen war?

Ihre Gedanken wanderten dauernd zu Liane. Würde sie je wieder ein normaler Mensch werden? Würde Joanne sich von ihren Verletzungen erholen? Ja, sie hatte überlebt. Christel besuchte sie seitdem so gut wie jeden Tag. Sie beide waren ins Reden gekommen und Christel kam nicht darauf, was es war, aber jedes Mal, wenn sie in den letzten Tagen das Krankenhauszimmer von Joanne betrat, hatte sie das Gefühl eine alte Freundin wiederzusehen. Als hätte sich das, was sie beide durchgestanden hatten über Jahre hinweg gezogen. Christel war froh, dass sie Lianes Pläne wenigstens so weit durchkreuzt hatte, dass zwei Schüler überlebt hatten. Die wirklich Schuldigen nach Lianes Sicht waren gestorben. Sie hätten nicht von Lianes Hand sterben dürfen und dennoch war es geschehen. Liane hatte ihren Rachefantasien Gestalt verliehen und sie durchgesetzt. Die Polizei hatte das Tagebuch gefunden, genau wie das Messer und Christels kaputtes Handy. Es hatte seinen Nutzen erwiesen. Dank

Lukas war es Sienna gelungen, dass ganze Gespräch aufzuzeichnen, von dem Punkt aus, wo Liane alle Morde gestanden hatte, sowie die Drohungen an sie und Jonathan. Da sie die Polizei schon vor Jonathan alarmiert hatten, war sie rechtzeitig eingetroffen.

Vielleicht hatte Liane mittlerweile geahnt, dass Christel diejenige gewesen war, die weggeschaut hatte. Oder sie wusste es immer noch nicht. Egal, wie es war. Es stand fest, dass sie Liane nie wieder sehen würde. Genau wie ihre drei Opfer.

Sie blickte auf die Gedenktafel, die vor der Schule erbaut worden war.

In Gedenken an:
Tristan Kubiak
Nicole Schlosser
Marc Feller

»Möglicherweise würdest du die Ereignisse verarbeiten, indem du auch Tagebuch führst«, hatte Jonathan zu ihr gesagt. Es war zwar ein Geheimnis zwischen ihnen geblieben, was Christel Liane zugerufen hatte, weil sie ihm das Leben gerettet hatte. Aber er vergaß es nicht.

Besser nicht. Ich möchte nie wieder etwas mit Tagebüchern zu tun haben. Geschweige denn mit Toten in Kontakt treten.

Sie löste ihren Blick von der Tafel und machte sich auf den Weg zum Krankenhaus. Die Erinnerung kam in ihren Kopf. Wie sie die letzte Seite aus Lianes Tagebuch verbrannt hatte. Das, was dort gestanden hatte, stimmte nicht.

Rache
Rache

Rache
~~*Rache*~~
~~*Rache*~~

Zu sehen, wie die funkende Flamme die Worte aus-
löschte, hatte sie um ein Vielfaches erleichtert. Genau
wie die Renovierung des Teiles der Schule, wo der
Spind stand. Der Spind, der Lianes Pläne all die Zeit
gehütet hatte. Er war so schuldig, wie Christel sich
fühlte, weil sie zu spät reagiert hatte. Weil sie weggesehen hatte, als Micah zum Selbstmord getrieben
wurde.

Den Rest des Tagebuchs hatte sie der Polizei überlassen. Damit auch den letzten Eintrag, den Liane in
aller Eile mit einem stinknormalen Kugelschreiber verfasst hatte:

Hamburg, den 21.09.2018

Lieber Micah!

*Spürst du es? Ich komme! Ich komme dir immer
näher! Niemand kann mich jetzt aufhalten!*

Wir sehen uns.

*In Liebe
Liane*

Es war, als schwebten die Worte lebendig in der Luft.
Christel fragte sich, ob dieser letzte Wunsch von Liane
sich jemals erfüllen würde.

Anmerkungen

Die fiktive Geschichte soll niemanden zu Straftaten animieren oder diese in irgendeiner Art und Weise verharmlosen. Der Ort wurde an die Handlungen angepasst und dementsprechend verändert. Die handelnden Figuren sind fiktiv und nicht mit der Realität zu vergleichen. Jegliche Ähnlichkeiten zur realen Welt sind zufällig und nicht beabsichtigt.

»Rache ist eine Handlung, die man begehen möchte,
weil und wenn man machtlos ist.«

George Orwell